主编◎窦昕

一套写给中小学生的文学史

乐死人的文学史

唐代篇

石油工业出版社

《乐死人的文学史》编委会

主　　编　窦　昕
执行主编　张国庆　赵市委
编　　者（以姓氏笔画为序）

　　　　　王　鹏　白　玲　石青山　伍兵兵
　　　　　朱雅特　许　龙　杨元美　杨宏业
　　　　　邵　鑫　赵伯奇　赵芷琪　殷程其
　　　　　蒋　楠　穆东明　薛理文　魏梦琦

前 言

我们总是爱讲，语文是什么？"语"是"汉语"；"文"是"文字"，是"文学"，是"文化"！

从庠、序、太学，到国子监，中国传统的语文教育皆以"文"为主。然而20世纪60年代后，语文课不再采用《汉语》《文学》两本教材，而侧重于汉语，时至今日，语文课本仍然侧重"语"而非"文"。语文教育，有了文学的脉络，语文学习才更成体系；有了文化的渗透，语文学习的内涵才足够饱满。

随着新一轮教育改革的深入，语文已经成为中小学课程体系里最为重要的学科，新的政策也对语文学习提出了更高的要求。语文学习早已不能停留在识字、阅读、交际、写作这样工具性的层面，学生需要对中国优秀传统文化有更深、更广的认识，对优秀古典文学有更加深刻的理解，对中外著名作家和作品有更加广泛的涉猎。总而言之，语文将更加重视对学生文学、文化素养的培育，帮助学生从小搭建合理的阅读结构，养成更加科学的语文学习习惯。这样的语文，才是一个兼具工具性和人文关怀的大语文。

然而让人遗憾的是，图书市场上还没有出现能够切实指导中小学生，尤其是小学生吸收优秀传统文化、搭建合理阅读结构的读物。好在我们这支团队秉承"大语文"这一先进理念，在语文教育改革之路上已经先行了多年。现在，我们终于将多年沉淀的精华凝结成了这一套《乐死人的文学史》系列图书。

这套图书偏向于"文"而非"语"，为孩子们在学习的黄金年龄就搭建起国学启蒙、儿童文学、中外文学史、文学写作的体系，让孩子们学得有趣、学得有效、学得通透。

另外，该书的另一大亮点就是创造性地将二维码技术无缝融合在书中。书中的每一章节都有一个二维码，扫描二维码就能观看语文名师的课堂实录，讲解内容也正好与本篇内容相关，这样读书就变得更现代、更有趣了。

这套图书包含着我们语文教学、研发团队的心血，是经过反复思考、争论、打磨而成的作品。尽管这样，书中一定还存在许多疏漏和错误，衷心希望读者们对这套图书提出批评与建议。

今后我们还会陆续推出更多更丰富的语文读物，相信我们的努力一定会让孩子爱上语文，爱上读书。

阅读说明

牛人时间轴 再现作家的漫漫人生路，从大文豪的出身家世讲到临终之际。你想知道的名人趣事和八卦，这里应有尽有。

超级访谈 与重量级作家面对面交流，让名家亲自讲述动人的故事。我们耳熟能详的诗篇背后，是一把辛酸泪还是没心没肺的大笑？答案就在《超级访谈》！

特别推荐 《超级访谈》还没看过瘾？《特别推荐》继续由名人为你讲解他的得意之作或者其他大家的千古名篇，揭秘创作背景，透析作品灵魂！

文苑杂谈 深挖作者、作品之外的文学知识。古人怎么取名和字？诗词中曝光率最高的楼阁有哪些？读完《文苑杂谈》，你就是文学常识小百科。

欢乐谷 轻松一刻，用搞笑的四格漫画调侃作家或作品。嘘！千万别笑太大声，不然旁边的人还以为你读书读傻了呢。

七嘴八舌 作家的好朋友怎么评价他？作品中提到的人也有话要说？听大家七嘴八舌聊一聊，从不同的角度了解作家和作品。

目 录

初唐诗坛

王　勃　有才是有才，就是死得太早了 / 5
陈子昂　伯玉摔琴，一夜成名 / 17

盛唐诗坛

高　适　前半生穷困潦倒，后半生加官晋爵 / 35
王之涣　存诗仅六首，打遍唐朝无敌手 / 51
王昌龄　边塞的好汉，龙标的好官 / 65
王　维　我就喜欢安静的地方 / 79
孟浩然　当不了官，我只能去隐居 / 91

李　白　统治诗坛的"外星人" / 103
杜　甫　忧国忧民的"战地记者" / 119

中唐诗坛

韩　愈　一心为国，得罪皇帝又怎样 / 137
柳宗元　孤独寂寞的抑郁症患者 / 151
刘禹锡　我这人就是心态好 / 169
白居易　读书白了少年头 / 181
贾　岛　写诗入迷出车祸，该当何罪 / 195

晚唐诗坛

李商隐　晚唐第一"倒霉蛋" / 211
杜　牧　家世显赫的公子哥 / 223
后　记　逐梦而生 / 236

初唐诗坛

618年，李渊在长安（今西安）称帝，建立唐朝。626年，李渊的二儿子李世民登基，史称唐太宗。

唐太宗很厉害，他一方面选贤任能，重用了魏征等一批忠诚正直的大臣；另一方面安抚农民好好种地，发展生产，完善科举制度，让社会底层的有才之人也能够入朝为官，发挥才干。此外，他还出兵击败了北方的突厥等游牧民族，一大批小国归附大唐，尊李世民为"天可汗"，唐朝成为东亚盟主。因为唐太宗的年号是贞观，所以这段时间又被称为"贞观之治"。

李世民死后，他的第九个儿子李治即位，这就是唐高宗。李治是个听话的乖儿子，他完全按照父亲的教导治理国家，所以唐朝的国力得到进一步发展，唐朝的版图也在这个时候达到最大。这段时间史称"永徽之治"。

后来，唐高宗的皇后武则天[①]掌控朝政，成了中国历史上唯一一位女皇帝。这位女皇帝在治理国家方面还真不比男的差，在她的主持之下，唐朝的国力继续增强。

国家建设蒸蒸日上，文人们自然也都意气风发。唐太宗时期，诗坛还流行着描述皇帝嫔妃后宫生活的宫体诗,这种诗实在是无聊时的产物,被一群诗人所摒弃,其中就有王勃、陈子昂等人。他们心中充满了博取功名的幻想和激情,郁积着不甘居人之下的雄杰之气。他们的诗不像宫体诗一样空虚无聊,而是充满了刚健慷慨的博大情怀。他们是拉开唐诗大幕的人。

注释

① 武则天:中国历史上唯一的正统女皇帝。她登基时,将国号由"唐"改为"周"。

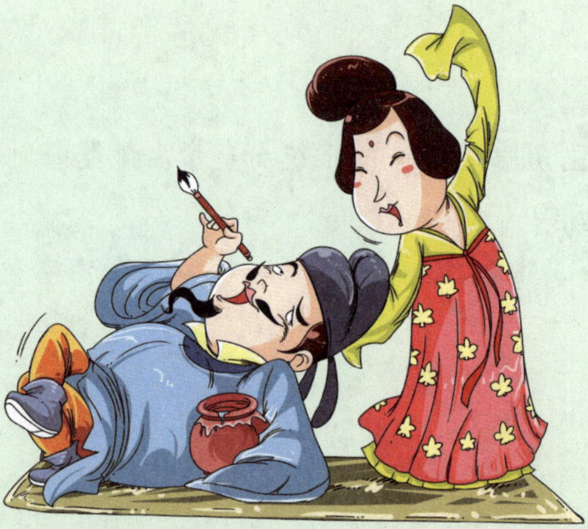

王 勃

有才是有才，就是死得太早了

650 年—676 年，字子安

称　号：诗杰、初唐四杰①之一
籍　贯：绛州龙门（今山西河津）
代表作：《送杜少府之任蜀州》
　　　　《滕王阁序》
　　　　《滕王阁诗》

注释

① 初唐四杰：唐代初期四位杰出的诗人，除王勃之外，其他三人分别是杨炯、卢照邻和骆宾王。

牛人时间轴

王勃这辈子

650年 0岁
大才子诞生了，家庭条件不错，父亲和祖父都是读书人，当过官。

655年 6岁
其他孩子还在撒尿和泥玩时，王勃就已经能提笔写诗了。

666年 17岁
王勃因为在科举考试中表现优异，被封为朝散郎（一个七品小官），成为朝廷里年纪最小的官员。

668年 19岁
沛王李贤和英王李哲斗鸡，王勃写了篇《檄英王鸡》（拿现在的话说就是讨伐英王的鸡）助兴。人家王爷斗鸡就是为了玩一玩，你至于"讨伐"鸡吗？结果这篇文章被唐高宗看到，唐高宗大怒，认为王勃不务正业，便将他逐出王府。

671年
22岁

王勃把一个叫曹达的杀人犯藏在家里，因为害怕被发现，就把杀人犯给杀了，结果自己成了杀人犯。他不仅自己进了监狱，还连累父亲被贬官到交趾（在今天的越南北部）。

675年
26岁

王勃刑满释放，连忙赶去交趾看望父亲。在路过江西时，正赶上滕王阁翻修一新，举行庆典，于是他才情大发，写下传世名作《滕王阁序》和《滕王阁诗》。

676年
27岁

王勃到了交趾，看望了父亲。返回途中，他在南海遇到风浪，掉进海中，溺水而亡，年仅27岁。王勃有才是有才，就是死得太早了。

拒绝眼泪，送别也要豪迈大气

主持人： 欢迎大家来到本期的《超级访谈》。今天我们有幸请到了青年才俊王勃，请他来谈谈自己是如何笑傲文坛的。王勃先生您好，久闻大名啊，今天终于见到活的了。

王勃： 主持人好！您太过奖啦，我也没什么了不起的嘛，也就是文章写得比别人好一些，长得比别人帅一些而已。

主持人： 您太谦虚啦。您的新诗《送杜少府之任蜀州》已经连续三周蝉联新诗榜的冠军了，但是对于这首诗背后的故事，诗迷朋友们可能并不是特别了解，您能不能和大家分享一下呢？

王勃： 好呀！那我就随便讲讲吧。我有一个朋友姓杜，在长安当少府[①]，最近被任命去蜀州[②]做官，出发那天我去为他送行。当时风烟迷茫，因为要和好朋友分别了，我的心情自然有些低落。再看我这朋友，居然已经难过得哭出来了！

他也太脆弱了，于是我就跟他说："男子汉大丈夫，本来就应该闯荡天下，多多结交朋友。再说了，咱俩关系这么好，就算你到了天涯海角，只要咱俩心在一块儿，就永远像近邻一样亲。"听了我的话，他总算不哭了，高高兴兴地上路了。看着他远去的背影，我便写下了下面这首诗。

送杜少府之任蜀州

城阙③辅三秦④，风烟望五津⑤。

与君离别意，同是宦游⑥人。

海内⑦存知己，天涯若比邻。

无为⑧在歧路⑨，儿女共沾巾⑩。

赞！尤其是"海内存知己，天涯若比邻"，太有气魄啦！不愧是四杰之首啊！

这算什么，以后我会写出更多好诗的。

谢谢王勃先生的分享，今天的《超级访谈》就到这里。谢谢大家，我们下期再见！

超级访谈

注释

① 少府：古代官名，唐代对县尉的通称。县尉是一个县里主管治安的官员。

② 蜀州：今四川崇州。

③ 城阙（què）：城门两边的望楼。这里指长安。

④ 三秦：指秦岭以北、函谷关以西的广大地区。项羽灭秦后，将秦国故地一分为三，因此称为"三秦"。

⑤ 五津：四川岷江古有白华津、万里津、江首津、涉头津、江南津五个著名渡口，合称"五津"。这里代指四川。津，渡口。

⑥ 宦游：出外做官。

⑦ 海内：指全国各地。古人认为我国疆土四面环海，因此称国境以内为海内。

⑧ 无为：无须、不必。

⑨ 歧路：分岔路。指告别的地方。

⑩ 沾巾：泪水沾湿衣服和腰带。意思是挥泪告别。

特别推荐

《从军行》震撼首发

Hello，大家好，我是王勃。我在天堂过得还行，天天都在关注人间文学圈的事儿。今天我要向大家隆重推荐一首好诗——《从军行》，作者是我的好哥们儿，也是初唐四杰之一的杨炯。

杨炯这人啊，特别向往边塞征战的生活，天天都想着在战场上杀敌立功，报效国家，是个勇敢的男子汉。最近天下很不太平，吐蕃[①]、突厥[②]那帮人动不动就来骚扰边境，皇帝陛下就派大军出师征讨。杨炯太激动了，便写下下面这首诗，打算跟着去呢。

从军行

烽火照西京，心中自不平。

牙璋辞凤阙，铁骑绕龙城。

雪暗凋[③]旗画，风多杂鼓声。

宁为百夫长[④]，胜作一书生。

烽火照亮了西京（即长安），告诉我们敌人已经来了。"心中自不平"说明杨炯的心里已经开始激动起来了。牙璋就是兵符，分成两块，边缘像牙齿一样，对在

特别推荐

一起正好可以衔接。出征的时候，将军拿一块，朝廷留一块。这里他直接用牙璋代指出征的将军。凤阙指的就是朝廷的宫殿。所以"牙璋辞凤阙"的意思就是将军辞别了朝廷，手执兵符而去。龙城是一个地方，属于古代匈奴人的地盘。想当年汉武帝派卫青征讨匈奴，就是在龙城大获全胜。我估计杨炯是在想，如果他率军出击，一定能像卫青一样胜利归来。从接下来的两句诗看，边塞地区的天气不太好，下着雪，天空昏暗，旌旗上的图画都掉色了；风也挺大，风中还夹杂着战鼓的声音。但是杨炯还真就喜欢这样的气氛，所以他说自己宁愿在军队里当个百夫长，也不愿意当个书生。这哥们儿还真是执着啊！总之，这首诗确实是好诗，气魄豪迈，笔力雄健，大家快来点赞吧！

注释

① 吐蕃：我国古代民族，在今青藏高原。唐时曾建立政权。
② 突厥：我国古代民族，游牧在阿尔泰山一带。
③ 凋：原指草木凋谢。这里的意思是色彩变得暗淡。
④ 百夫长：古代军职。一百个士兵的头目，泛指下级军官。

初唐四杰轶事

初唐四杰，分别是王勃、杨炯、卢照邻和骆宾王，这四个人的故事很有意思。

杨炯和王勃同岁，也是年少有才，可他却对王勃很不服气。他说过这样一句话："愧在卢前，耻居王后。"什么意思呢？我们说"初唐四杰，王杨卢骆"，这个顺序是按照他们的才华高低、名气大小来排的。杨炯认为自己的才华不如卢照邻，名次却排在卢照邻之前，所以觉得惭愧；而王勃的才华不如自己，名次居然排在自己之前，实在是耻辱。

卢照邻比王、杨二人年长十几岁，具体的生卒年史书上没有明确的记载。有意思的是，他和王勃一样，都是淹死的。

> 骆宾王真是有才，骂人都骂得这么有文采！

文苑杂谈

不过，王勃是遇到风浪落水溺亡，而卢照邻则是投水自尽。原来卢照邻正当壮年之时，患上了严重的风疾（一种类似于麻风病的疾病），导致手脚残疾，经过孙思邈①的悉心调理也不见好（神医都束手无策，可见卢照邻的病有多么严重）。卢照邻长期受病痛折磨，再加上一辈子怀才不遇，心情郁闷，于是寻了短见，实在让人悲叹。

骆宾王是浙江人，代表作就是七岁时所写的《咏鹅》。正是因为这首诗，骆宾王才被誉为"江南神童"。长大后的神童，为人正直清高。武则天称帝时，骆宾王写了篇《讨武氏檄》，把女皇帝骂了个狗血喷头。大家一致认为骆宾王将会死得很惨。没想到武则天看了这篇文章，不仅不生气，反而对骆宾王的文采大加赞赏，真是令人称奇啊！

注释

① 孙思邈：唐代神医，被后世称为"药王"，享年102岁。

欢乐谷

神童

老天爷，我可是神童啊，你不能把我带走！

不是神童我还不要呢！

天妒英才，天妒英才啊！

七嘴八舌

杨炯：重要的事情说三遍：愧在卢前，耻居王后；愧在卢前，耻居王后；愧在卢前，耻居王后。

骆宾王：子安啊，还记得当年我写文章把武则天骂得狗血喷头，你本以为从此我们就永别了，结果她却被我的文采所折服，对我大加赞赏。当晚，我们高兴得连喝了五大瓶酒。谁知，那一幕，便是永别了。

游泳班教练：知道王勃为什么淹死吗？不会游泳啊！游泳可是生存必备技能，赶快报名，包教包会。我们的口号是：学不会，退学费！

来听故事吧

陈子昂

伯玉摔琴，一夜成名

约 659 年—约 700 年，字伯玉

称　号：诗骨、陈拾遗①

籍　贯：梓州射洪（今四川射洪县）

代表作：《登幽州台歌》

　　　　《郭隗》

注释

① 拾遗：唐朝时直言规劝君王过失的官员，品级较低。

牛人时间轴

陈子昂这辈子

659年
0岁
　　陈子昂出生在一个富裕的家庭。他最初的梦想是做大侠，后来不小心用剑刺伤了别人，才决定放弃练武，刻苦学习文化知识。

679年
21岁
　　来到长安，陈子昂进入当时的最高学府国子监[①]学习，还参加了第二年科举考试，可惜没考上，于是回老家继续苦读。

682年
24岁
　　陈子昂再次参加科举考试，还是没考中。郁闷之下，他花重金买下一把琴，又亲手砸碎。大家都认为陈子昂疯了，于是一个疯子摔琴的故事开始广为流传。

684年
26岁
　　陈子昂终于中了进士，也得到了武则天的赞赏。但是因为他生性耿直，有啥说啥，一些小心眼儿的大臣经常排斥、打击他。

696年
38岁

　　突厥人侵犯边境，武则天派侄子武攸宜前去征讨，陈子昂在军队里担任参谋。武攸宜不会用兵，打了败仗，陈子昂请求带领一万精兵出击，却被武攸宜拒绝。陈子昂再次进谏，结果被贬为军曹②，这让他十分郁闷。

697年
39岁

　　陈子昂忍无可忍又壮志难酬，加上家中老父亲年纪太大了，于是他选择辞官回乡照顾父亲。

700年
42岁

　　权臣武三思③指使射洪县县令段简编造罪名，对陈子昂加以迫害。县令段简是个贪婪、暴躁而又残忍的小人，他听说陈子昂家里有钱财，更想把他害死，霸占其财产，结果陈子昂就这样冤死狱中。

注释

① 国子监：我国封建时代最高的教育管理机关。
② 军曹：唐朝军队中的下级军官。
③ 武三思：武周宰相，女皇武则天的侄子。

明明白白我的心，渴望一个圣贤君

主持人： 我们这一期的《超级访谈》又请来了一位大诗人，他就是陈子昂先生。

陈子昂： 主持人好！大家好！

主持人： 听说您最近心情不太好，遇到什么烦心事儿了吗？

陈子昂： 烦，烦透了。武攸宜那家伙不会用兵，几支先锋部队相继败下阵来，军心震动。我挺身而出，请求率军出击，可是武攸宜死活不同意，还把我贬为军曹，实在是可悲可叹啊！

主持人： 心有抱负却无处施展，这是最让人悲痛的了。

陈子昂： 当时我正好来到了幽州台，一下子就想起了燕昭王金台纳贤的典故。当年燕昭王求贤若

渴，有个叫郭隗的人给他讲了个故事：从前有个国王，非常喜欢千里马，于是派人四处去找。结果找了半天，只找到一匹死千里马，于是花五百金把死马买了回去。国王一下子就气傻了，花那么多钱买了匹死马，太不会办事儿了。没想到这人却说，国王花这么多钱买死马，大家一定会夸国王是个真正懂马、爱惜马的人，那些有活马的人，当然会自动将马献上。果然，没过多长时间，这位国王就有了好几匹千里马。

陈子昂

我明白了，郭隗这是打了个比方。他自己就好比是这匹死马，如果燕昭王封他做官，一定会吸引更多的人才到燕国来的。

主持人

不错啊，反应真快！燕昭王果然封郭隗当了官，而且还筑起一座黄金台，来招纳人才。我怎么就遇不到像燕昭王这样渴求人才的明君呢？回想过去，燕昭王不可能再复活了；放眼未来，不知道下一个重视人才的皇帝啥时候

陈子昂

21

超级访谈

才能出现。我咋就这么生不逢时呢？不公平，不公平啊！

陈子昂

于是您就写了《登幽州台①歌》？

主持人

登幽州台歌

前②不见古人③，后④不见来者⑤。
念⑥天地之悠悠⑦，独怆然⑧而涕⑨下。

陈子昂

好了好了，您快别哭了。有失必有得，正是有了这件事，您才写出了《登幽州台歌》这样经典的传世之作，也算是名垂千古了。希望您转世投胎能投到燕昭王那里去，实现您的梦想。

今天的《超级访谈》到这里就结束了，再次感谢陈子昂先生，我们下期再见！

主持人

注释

① 幽州台：黄金台，是燕昭王为招纳人才而建的。

② 前：过去。

③ 古人：古代那些能够识别人才、善于采纳好方法的圣君。

④ 后：未来。

⑤ 来者：后世那些重视人才的贤明君主。

⑥ 念：想到。

⑦ 悠悠：形容时间的久远和空间的广大。

⑧ 怆然：悲伤凄凉的样子。

⑨ 涕：古代指眼泪。

特别推荐

郭隗大哥，你咋就这么幸运呢

大家好，我是陈子昂。今天给大家推荐一首我的作品《郭隗》。这首诗和《登幽州台歌》一样，都是咏古诗，就是借说古代的人或事来表达自己内心的想法。

当时我来到幽州台，想到了郭隗劝燕昭王金台纳贤的事儿，我就羡慕啊！郭大哥真是生对了时候，燕昭王听从了他的建议，不仅拜他为师，还得到了更多有才之士。可见，机遇是成功的关键要素。历朝历代，那么多人才，成功的却没有几个，那些没成功的很多都是因为没有机遇啊！唉，我也是其中一个，所以就写了下面这首诗。

郭 隗

逢时①独为贵,历代非无才。
隗君亦何②幸,遂起黄金台。

其实很多人跟我一样,有才华却没机会,相信他们看到这首诗后一定会跟我产生强烈的共鸣。

注释

① 时:时机。
② 何:多么。

文苑杂谈

摔琴也能摔出名

陈子昂年轻时博览群书，学富五车。有一年，他兴致勃勃地从四川来到京城，想要考取功名。但是科举不是那么好考的，陈子昂连考两次，依旧榜上无名，为此，他烦闷不已。

一天，他在街上闲逛，突然看见前面不远处围着一大群人。出于好奇，他也凑过去瞧热闹。费了很大的劲，他才挤到人群的中央，定睛一看，原来是一个落魄的艺人在这儿卖琴。那把琴做工精细，古朴典雅，的确是一把难得的好琴。不过大家还是止不住摇头，因为这把琴要价一千两银子，实在是贵得离谱。难道是这艺人穷疯了？

就在这时，陈子昂说道："自古宝剑配英雄，这琴我要了。"围观的人一个个目瞪口呆地望着他，纷纷议论道："这人疯了吧？花这么多钱买一把琴？"他笑着说："明天请大家来我住的地方听我弹奏一曲。"

第二天，居然有几百人来听他弹琴，其中还有京城的很多达官贵人，大家都想来看看这个花一千两银子买琴的"疯子"究竟搞什么名堂。不一会儿，陈子昂抱着琴出来了，他深深地鞠了一躬，忽然将琴高高举起，"咣当"一声重重地摔在了地上。刹那间,一把价值不菲的琴被摔得稀巴烂。人群再次沸腾了:"他真的是个疯子吧?"

再看陈子昂,他握紧拳头,情绪激动地说:"我从四川来到京城,带着一百多卷诗文四处求拜,却没有一个人赏识我。这种乐器不过是艺人所用的,我怎么能弹奏呢?"说完,他将自己事先准备好的诗文,一一发给大家。他的诗写得相当有文采,大家都争相传诵。当天,京城里所有茶馆和酒楼的客人都在议论这件事。一夜之间,陈子昂的大名就传遍了京城的大街小巷,甚至传到了皇宫里。不久,陈子昂就高中进士,成了朝中的监察官员。

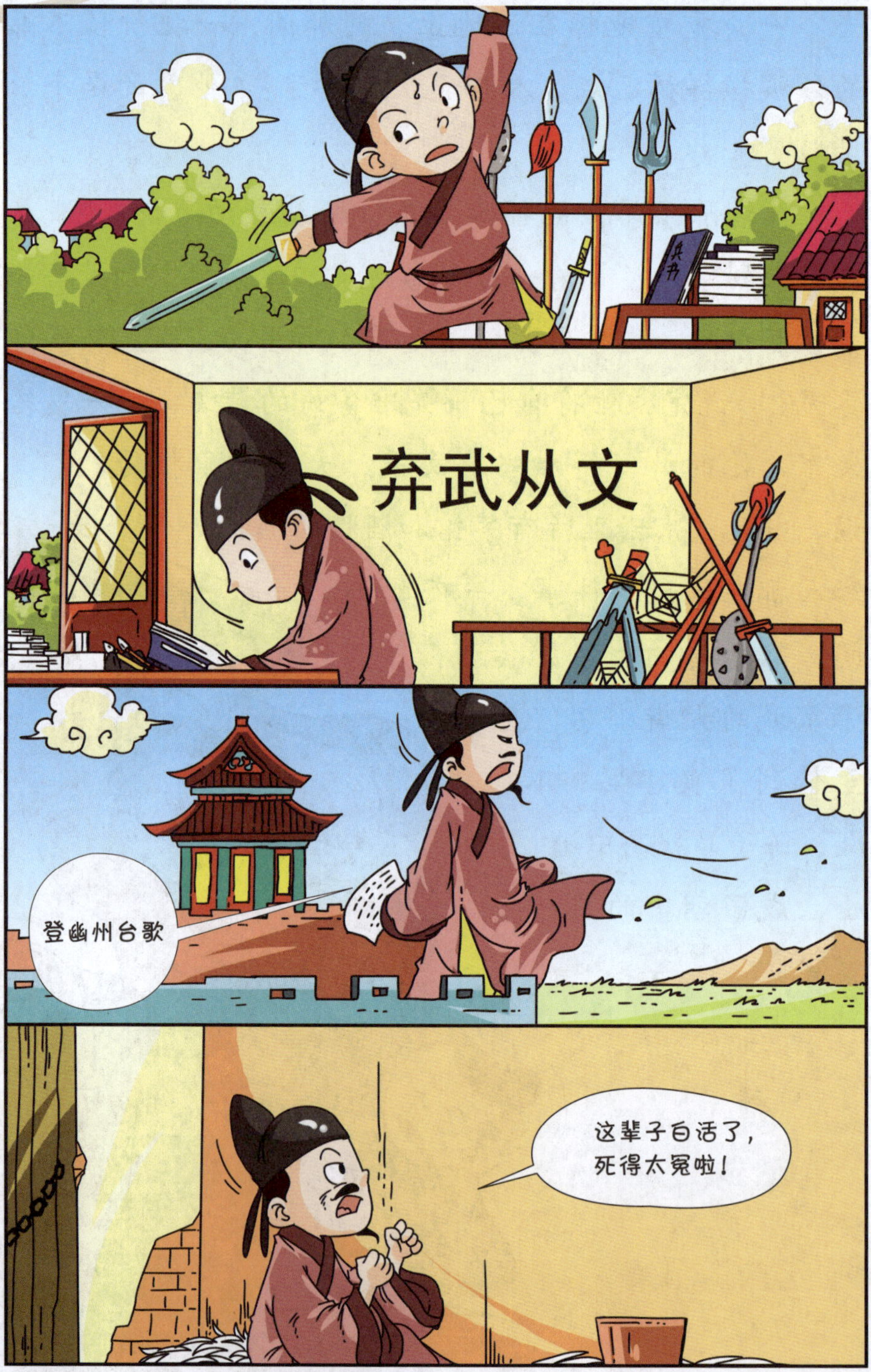
兵书
弃武从文
登幽州台歌
这辈子白活了，
死得太冤啦！

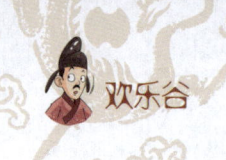

七嘴八舌

杜甫：无论是古人还是来者，伯玉兄都是忠义的典范。另外，都说他的咏古诗写得好，其实他的38首《感遇》诗也非常精彩，推荐大家去读一读。

韩愈：伯玉兄在唐代诗坛的地位是无法撼动的，他是现实主义诗风的开创者，我写的很多诗都是受到了他的启发。

郭隗：听说一千年后的唐朝有个叫陈子昂的诗人，特别羡慕我的好运气。可惜我跟他不在一个时代，也帮不上他啥忙，只能祝他好运了。

来听故事吧

盛唐诗坛

自从唐高祖一统中国，经过唐太宗、唐高宗、武则天一百多年的持续发展，在唐玄宗统治期间，唐朝的国力达到鼎盛，出现了又一个盛世局面，史称"开元盛世"。

杜甫在《忆昔》中曾说："忆昔开元全盛日，小邑犹藏万家室。稻米流脂粟米白，公私仓廪俱丰实。"当时的唐朝人口众多，小城市就有万家人口，更不用说长安、洛阳、扬州、成都这样的大城市了。农业丰收，私仓国库的粮食都很充足。他又说："九州道路无豺虎，远行不劳吉日出。"大街上一个土匪强盗都没有，游人随时可以出门远行，根本不必选什么好日子。

国家富强，文人墨客也得到了更多展示才华的机会。盛唐时期，除了科举制度得到很大的发展外，文人们还可以通过荐举和入幕实现入仕的理想。

荐举就是被朝廷中有名望的人推荐。你整天待在家里自然是不会有人推荐你的，所以唐代文人都要漫游四方，结交权贵，先混个脸熟，以后好说话。在漫游的过程中，文人们饱览祖国大好河山，写下了不少咏叹自然风光的诗篇，于是有了山水诗；朋友相聚离别，心中不舍，于是有了送别诗；长年离家，思念亲人，于是有了思乡诗；漂泊多年而求仕不得，干脆归隐田园，于是有了田园诗。

还有一些人选择入幕。唐朝疆域辽阔，北方的游牧民族经常来犯，所以朝廷派大将设置幕府，镇守边塞。文人们也从中看到了机会，纷纷入幕，希望能在战事中立功，得到入仕的机会。当他们来到边塞，看到了雄伟、奇特的边塞风光，感受了艰苦的边塞生活，体会了战争的残酷无情，就写下了题材多样的边塞诗。

李白，作为盛唐文化孕育出来的天才诗人，自信、狂傲、洒脱、浪漫，他的诗反映了那个时代昂扬的精神状态。余光中对李白的评价极高，他说："（李白）绣口一吐，就是半个盛唐。"杜甫不仅歌颂祖国的壮丽河山，同时还以历史记录者的身份，将百姓的现实生活全部写在诗中。王维和孟浩然是山水田园诗派的代表人物，高适、岑参、王昌龄、王之涣则是边塞诗派的杰出诗人。他们一起组成了盛唐诗坛璀璨的星空。

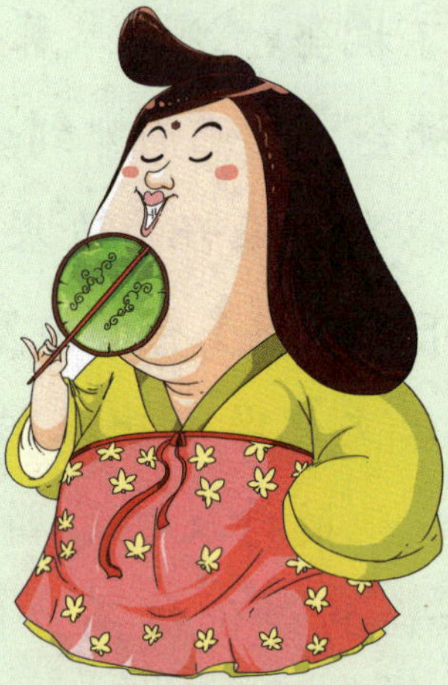

高 适

前半生穷困潦倒，后半生加官晋爵

约 704 年—约 765 年，字达夫、仲武

称　号：高常侍
籍　贯：渤海（今河北景县）
代表作：《别董大》
　　　　《燕歌行》

牛人时间轴

高适这辈子

704年
0岁

高适出生在一个小官员家庭，他的父亲曾做过韶州长史①。家庭条件不是很好，算是中等偏下。

723年
20岁

古代的男孩长到20岁早已成为家庭的顶梁柱，而此时的高适却什么活儿也不干，连自己都养活不了。为了减轻家人的负担，他来到河南一带漫游，实在没钱的时候，甚至向别人乞讨过活。

735年
32岁

这一年，高适满怀信心地去洛阳参加科举考试，可惜他没有得到老天爷的眷顾，最终名落孙山。

744年
41岁

高适和李白、杜甫相遇，携手漫游，三个人关系很不错。当时，李白和杜甫的诗都已经比较有名，但高适还不为人知。

755年
52岁

高适受到河西②节度使③哥舒翰的器重，招入幕府，协助他守卫潼关④。第二年，安禄山的叛军攻陷潼关，唐玄宗撒腿就跑，一直逃到四川。高适一路追赶唐玄宗，当面报告了潼关失守的经过和原因。唐玄宗听了，认为高适勇敢忠诚，就提拔他为谏议大夫⑤。

756年
53岁

永王李璘反叛朝廷，高适被封为淮南节度使，带兵平定了李璘的叛乱。

764年
61岁

高适被封为刑部侍郎⑥、左散骑常侍⑦、渤海县侯⑧，真正做到了加官晋爵，老祖宗也跟着沾光了。

765年
62岁

高适去世。去世之后，朝廷还加封他为礼部尚书⑨，谥⑩"忠"。

注释

① 韶州长史：韶州，即韶关。长史，古代官职。

② 河西：唐代的河西指青海、甘肃一带黄河以西的地方。

③ 节度使：古代官职，同时管理行政和军事的地方长官。

④ 潼关：今陕西省渭南市。

⑤ 谏议大夫：专门给皇帝提意见，监督政府工作的官职。

⑥ 刑部侍郎：刑部是古代主管犯罪、刑狱的部门。侍郎是部门的副长官。

⑦ 左散骑常侍：一种经常陪伴在皇帝身边的官职，相当于皇帝的顾问。

⑧ 渤海县侯：古代爵位从高到低分为公、侯、伯、子、男，侯爵又有县侯、乡侯和亭侯之分。县侯是相当高的爵位。

⑨ 礼部尚书：主管朝廷中的礼仪、祭祀、宴餐、学校、科举和外事活动的大臣，相当于现在的宣传部长兼外交、教育、文化部长。

⑩ 谥：君主时代帝王、贵族、大臣等死后，依其生前事迹所给予的称号。

董老大，天下谁不认识你

主持人： 观众朋友们大家好，欢迎来到《超级访谈》。今天我们请到的是盛唐时期边塞诗派的领军人物高适，让我们用热烈的掌声欢迎他！

高适： 大家好！

主持人： 听说您年轻的时候是个无业游民？

高适： 一说这事我就伤心，那时候我还经常吃不饱饭呢！不过，有个朋友一直接济我、鼓励我，到现在我都忘不了他。

主持人： 让我猜猜，您说的是董庭兰吗？

高适： 哎哟，猜得挺准，就是他。直到现在，我还记得和他分别时的情景：北风呼啸，黄沙千里，遮天蔽日，白云都被染成了黄色。大雪纷纷扬扬

超级访谈

高适： 地飘落，群雁排着整齐的队形向南飞去。我就在这荒寒壮阔的地方送别我的老朋友。董老大也不舍离去……

主持人： 等等，董老大是谁？

高适： 就是董庭兰啊，他在家排行老大，我们都叫他董大，或者董老大。董老大也不舍离去，害怕离开之后再也遇不到我这样的知音。我劝他说："你可别发愁没有知己，你这么有名，天底下谁不认识你啊？"听了我的话，他也振作了起来，拍马离去了。看着他的背影，我写下了下面这首诗。

别董大

千里黄云①白日曛②，北风吹雁雪纷纷。
莫愁前路无知己，天下谁人③不识君④。

主持人： 真是豪迈大气，别人送别都是哭哭啼啼，恋恋不舍，只有您能够放眼未来。

高适： 可能我的性格就是这样吧。

主持人：做您的朋友可太幸福了，今天的采访也让我学会了交友之道啊！好了，本期节目到这里就全部结束了，我们下期再见！

注释

① 黄云：天上的乌云。在阳光下，乌云是暗黄色，所以叫黄云。
② 曛：日光昏暗。
③ 谁人：哪个人。
④ 君：你，这里指董大。

特别推荐

雪花？梨花？还是眼花？

大家好，我是高适。都说我的《别董大》是送别诗中的经典，其实我还有个好哥们儿岑参，他的《白雪歌送武判官归京》更加有名。这首诗把边塞风光和送别之情完美结合在一起，可谓风格独特。

特别推荐

> 北风卷地白草①折,胡天②八月即飞雪。
> 忽如一夜春风来,千树万树梨花开。

在中原地区,农历八月还正秋高气爽呢,而塞外特别冷,八月就下起了大雪。北风呼啸,连白草都能被吹断。一夜过去,就好像春风吹来,树上的梨花都开了。等等,梨花?刚才不是说天气寒冷,大雪纷飞吗?怎么梨花开了?岑参眼花了?哈哈,不是眼花,也不是梨花,是岑参把树枝上的积雪比成了洁白的梨花。

> 散入珠帘③湿罗幕④,狐裘⑤不暖锦衾⑥薄。
> 将军角弓⑦不得控,都护⑧铁衣冷难着⑨。
> 瀚海⑩阑干⑪百丈冰,愁云惨淡万里凝。
> 中军⑫置酒饮归客,胡琴琵琶与羌笛。

雪花飘进了军帐,帘子也被打湿了;将士们穿着狐狸皮做的大衣都不觉得暖和,盖着丝绸做的被子也觉得太薄。弓被冻住了,弓弦都拉不开;铠甲在这样寒冷的天气里简直被冻成了大冰块,穿在身上实在难受。浩瀚的沙海,冰雪遍地;雪压冬云,浓重稠密。外面冷,屋子里边却挺热闹;为了给武判官饯行,大家在主帅的帐

特别推荐

中摆开酒席，搬来各种乐器，边唱歌边跳舞，开怀畅饮。

> 纷纷暮雪下辕门⑬，风掣⑭红旗冻不翻。
> 轮台⑮东门送君去，去时雪满天山路。
> 山回路转不见君，雪上空留马行处。

天快要黑了，雪还在下。大风吹过，军营里的红旗居然没有飘起来！这是怎么回事？原来红旗都已经被冻住了。在这样的严寒里，武判官就要踏上满是积雪的天山路了。岑参一直目送武判官离去，直到转过一个弯，看不见武判官的身影了，他才发现雪地里只留下一行马蹄印。

这首诗里最有名的一句就是"忽如一夜春风来，千树万树梨花开"，把树上的积雪比成梨花，实在是精妙。除此之外，边塞的严寒也被岑参渲染得淋漓尽致，真不知道他们是怎么在那么冷的地方活下来的。

注释

① 白草：西域的一种牧草，秋天干枯后变成白色。

② 胡天：指塞北的天空。胡，古代汉民族对北方各民族的通称。

③ 珠帘：用珍珠串成的帘子，是一种美化的说法。

④ 罗幕：用丝织成的帐幕，是一种美化的说法。

⑤ 狐裘：狐狸皮做的大衣。

⑥ 锦衾：丝绸做的被子。

⑦ 角弓：一种以兽角做装饰的硬弓。

⑧ 都护：古代官名。汉唐两朝在西域设都护府管理边疆军事。都护府的长官就叫都护。

⑨ 着：穿。

⑩ 瀚海：大海。这里是比喻，指广阔的沙漠。

⑪ 阑干：纵横交错的样子。

⑫ 中军：主帅的营帐。

⑬ 辕门：军营的大门。

⑭ 掣：拉，扯。

⑮ 轮台：地名，在现在的新疆。这里泛指北方边疆的军事据点。

说说大唐边塞诗

在唐朝，很多有志向的年轻人都想要入朝为官，造福百姓。但官不是那么好当的，要么你去参加科举考试，考上了才能有当官的机会；要么你名声在外，有人向朝廷推荐你。如果你既没怎么读过书，也没什么名气，那你还可以选择第三条路——边塞从军。

唐朝疆域辽阔，边境一带总是发生战乱，这给很多想要建功立业的人创造了大好的机会，只要你能在战场上立功，当官就不难。所以，一大批热血青年投身边塞，把自己的所见、所闻、所感、所想写进诗中，这就有了边塞诗。

来到边塞的人大都胸怀大志，急于建功立业，所以此时的边塞诗是这样的：

宁为百夫长，胜作一书生——宁可做个低级军官，也不想做个书生老死窗下。

黄沙百战穿金甲，不破楼兰终不还——就算沙子穿破了我们的金甲，不攻破楼兰城我们坚决不回家。

然而，大多数人也只有三分钟的新鲜感，时间一长，热情就开始减退。再加上边塞条件艰苦，冬天奇寒无比，大风一吹，天天都是沙尘暴。这时，战士们开始想家了。此时的边塞诗是这样的：

羌笛何须怨杨柳，春风不度玉门关——羌笛何必吹《折杨柳》这种哀伤的曲子，埋怨杨柳不发芽、春光来迟呢？要知道，春风吹不到玉门关外啊！

少妇城南欲断肠，征人蓟北空回首——新媳妇想念丈夫，差点儿哭断了肠子，丈夫也想念妻子，但只能回头朝家的方向望上几眼。

话说回来，边塞征战自然有杀敌立功的机会，但毕竟战争是残酷的，当大家目睹战场上血腥残忍的场面时，很多人已经不想再打仗了，只想世界和平，各民族和睦相处。此时的边塞诗是这样的：

醉卧沙场君莫笑，古来征战几人回——要是我喝多了醉倒在战场上，也请你不要笑话我，自古以来出外打仗的能有几个人返回家乡呢？

高适、岑参都是边塞将士中的佼佼者，他们凭借智慧、勇敢和才华，在人群中脱颖而出，青史留名。而在他们身后，不知有多少无名英雄长眠沙场。

欢乐谷

咱们就在这里别过吧。

这辈子我再也交不到像你这样的朋友了,我不想走了!

莫愁前路无知己,天下谁人不识君。

48

七嘴八舌

董大：兄弟，你说得没错，自从我走了以后，又找到了几个志同道合的朋友，你那句"莫愁前路无知己"对我的影响太大了，真庆幸这辈子能交到你这样的知心好友。

唐玄宗：小高很不错，忠言直谏，勇气可嘉，封谏议大夫，即日上任。

武判官：天气太冷了，我那天差点儿没在山里冻死。我以后再也不去塞外了！

来听故事吧

49

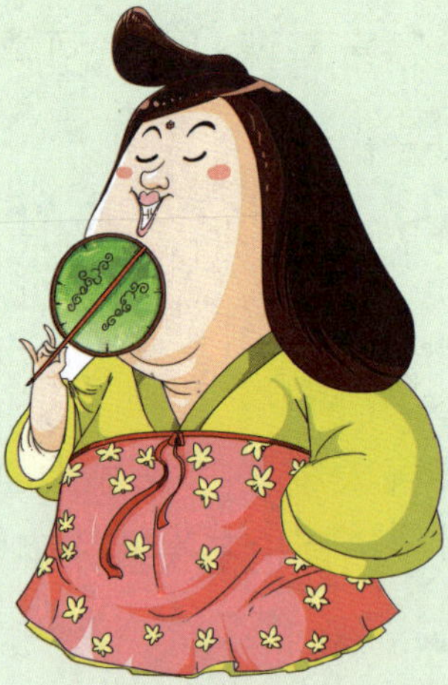

王之涣

存诗仅六首,打遍唐朝无敌手

688 年—742 年,字季凌

称　号:与王昌龄合称"边塞二王"
籍　贯:绛州(今山西新绛县)
代表作:《凉州词》
　　　　《登鹳雀楼》

牛人时间轴

王之涣①这辈子

688年
0岁

　　王之涣出生于当时的名门望族——太原王家，那可是人人景仰的大家族。从曾祖父到父亲，王家世代为官。

708年
21岁

　　王之涣性格豪放，有点儿江湖大侠的感觉。他天天结交豪门子弟，喝酒玩耍，不务正业。直到中年，王之涣才开始反思自己，决定好好读书，希望得到达官贵人的赏识。

723年
36岁

　　由于王家先辈世代为官，他也跟着沾了光，当了冀州衡水的主簿②。可是王之涣才高气盛，瞧不起主簿这样卑微的官职，没几天，便辞官回家了，度过了长达十五年的隐居生活。

738年
51岁

亲戚朋友劝他，坐吃山空也不是办法。于是在朋友的推荐下，他又当了文安郡的县尉③，好歹找个差事养家糊口，填饱肚子才是正道。

742年
55岁

看来王之涣与仕途无缘，才当了短短四年的县尉，就突然得病去世了。据说他的一个表弟为他整理诗集的时候，不小心灯烛失火，诗集焚烧殆尽，只从火堆中抢出六首。

注释

① 王之涣：王之涣现存的生平资料较少，一些事情发生在他青年、壮年和中年这几个时期，但具体的时间点并不明确。"牛人时间轴"的时间点只是笔者的大致推测，仅供参考。

② 主簿：古代官名。部分官员身边掌管文书的小官吏。

③ 县尉：古代官名。负责一县治安的官员。

边塞生活好艰苦，我想回家

主持人： 观众朋友们大家好，欢迎来到《超级访谈》，今天我们请到的诗人是边塞诗高手王之涣！

王之涣： 大家好！咱们大唐疆域广阔，边塞地区经常遭受游牧民族的侵犯，保卫国家是我们的责任，我只是用诗歌把边塞的生活如实记录下来而已。

主持人： 您太谦虚了。您的《凉州词》虽然只有短短的28个字，但是堪称边塞诗的典范啊！能给大家讲讲这首诗的创作经历吗？

王之涣： 好啊。有一天，我站在黄河岸边，放眼向上游望去，滚滚黄河水奔腾着，好像奔流在缭绕的白云中间。在高山之中，一座孤城寂寞地立着，应该是保卫边疆的战士所居住的城堡。就在这时，我听到了羌笛吹奏《折杨柳》这首曲子。"柳"和"留"谐音，所以送别的时候我们

都要给离开的人送上一束柳条，表达我们的不舍，于是柳树就变成了送别的代名词。而现在，城堡里的战士们听到了《折杨柳》的曲子，他们心里能好受吗？更悲惨的是，别说回家了，战士们在这里连一根柳条都找不到，因为玉门关一带太遥远了，春风都吹不到，柳树它不发芽啊。想到这里，我就写下了下面这首诗。

王之涣

凉州词

黄河远上①白云间，一片孤城②万仞③山。
羌笛④何须⑤怨杨柳⑥，春风不度⑦玉门关⑧。

听了您的介绍，我的心里都有点儿难过了。现在通信这么发达，远在外地的人想家了，要么打个电话、发个微信，要么直接订个机票、火车票回家看看。可在您那个年代，一旦人们出征保家卫国，这回不回得来就难说啦！

主持人

所以说21世纪的人很难理解我们啊！

王之涣

超级访谈

主持人： 是的，但我们还是能够通过您的诗作感受到大唐的风貌。今天的《超级访谈》到这里就结束了，谢谢王之涣先生，我们下期再见！

注释

① 黄河远上：远望黄河的源头。

② 孤城：孤零零的戍边城堡。

③ 仞：古代的长度单位，一仞相当于七尺或八尺。

④ 羌笛：羌族乐器，属横吹式管乐。

⑤ 何须：何必。

⑥ 杨柳：古诗文中常以杨柳比喻送别时的感情。

⑦ 度：吹到过。

⑧ 玉门关：在今甘肃敦煌。古时候是交通要道，也是重要的屯兵之地。

鹳雀楼形象代言人——王之涣

鹳雀楼，位于山西省永济市蒲州古城西南的黄河东岸，因常有鹳雀栖息其上而得名。

你去过鹳雀楼吗？这座楼结构奇特，气势宏伟，历代文人雅士都来登楼观景、放歌抒怀，留下许多居高临下、雄观大河的不朽篇章。其中，我那首家喻户晓的《登鹳雀楼》给它免费做了一把广告，让它一下子就火了。没错，我就是王之涣。

特别推荐

登鹳雀楼

白日依山尽①,黄河入海流。
欲穷②千里目,更③上一层楼。

那日我登上鹳雀楼,看到太阳依傍着远山落下去了,流经楼下的黄河奔腾咆哮、滚滚南来,又在远处折而向东,流归大海。你们现在读到这十个字时,是不是也如临其地,如见其景,感到胸襟一下子豁然开朗了呢?如果你想领略更远、更壮美的景色,那就再登上一层楼吧!站得越高,看得越远,思想也会变得越深邃。

这就是鹳雀楼,登高观景、思考人生、挥毫泼墨、诗兴大发的绝佳场所!

注释

① 尽:沉没,消失。
② 穷:尽,使达到极点。
③ 更:再。

乡巴佬，快快拜我为师

话说王之涣、高适、王昌龄都是唐代一等一的大诗人，三个人关系也不错。有一次天寒微雪，三个人来到一个叫旗亭的地方，生起小火炉，温上小酒，吃着小菜，那叫一个惬意。正聊着呢，来了十几个戏班里的歌女，三位大诗人虽然名声显赫，但都很谦虚，赶紧把火炉移到墙角，给人家腾开地方。

不一会儿，从这十几个人中走出四位妙龄女子，衣着艳丽，美貌无双。四个人和着音乐轮流开嗓，歌声甜美，十分动人。王昌龄比较坏，对高、王二人说："咱们三个都会写诗，名气也都不小，但是从来没定出个名次来。今天是个好机会，我们就看这四位歌女唱谁的诗最多，诗作被唱得最多的就是第一。"高、王二人听着有趣，便答应了。

没过多久，一位歌女打着节拍唱了起来：

寒雨连江夜入吴，平明送客楚山孤。
洛阳亲友如相问，一片冰心在玉壶。

文苑杂谈

王昌龄一听，拍着手哈哈大笑，随后在墙上画了一条横线，说："我的诗，我的诗，不好意思，我得一分。"

一首唱罢，另一位歌女紧接着唱了起来：

> 开箧泪沾衣，见君前日书。
> 夜台何寂寞，犹是子云居。

高适也赶紧在墙上画了一条横线，说："我的诗，我也得一分。"

王之涣一看，情况不妙啊，他俩各得一分，如果这第三首还不是我的诗，岂不是太丢人了？

俗话说，怕什么来什么。王之涣正在担心呢，第三位歌女开唱了：

> 奉帚平明金殿开，暂将团扇共徘徊。
> 玉颜不及寒鸦色，犹带昭阳日影来。

王昌龄的眼睛都快眯成一条缝儿了，大笑着说："哈哈，又是我的诗，再得一分！"说着又在墙上画了一条横线。

王之涣急了，说："刚才这三位，都是三流演员，品位不高，唱的也都是些低俗歌曲。"接着，他指着十几个人中最漂亮的一位歌女说:"如果她唱的不是我的诗,我从此以后再也不跟你俩争论高下;但如果她唱了我的诗,你们就要跪在这里,拜我为师。"高适和王昌龄不信那位歌女真的会唱王之涣的诗,便微笑地等待着。

过了一会儿,王之涣所指的歌女终于开唱了:

> 黄河远上白云间,一片孤城万仞山。
> 羌笛何须怨杨柳,春风不度玉门关。

王之涣听了,大喜过望,说:"田舍奴,我岂妄哉?"意思是你们这两个乡巴佬,我难道是那种说大话的人吗?高适和王昌龄听了,不但不生气,反而一起大笑起来。

笑声惊动了歌女们,其中一人便过来询问,高适就把事情经过描述了一番。歌女们大吃一惊,没想到今天遇到大明星了,于是请三人一同赴宴。三位大诗人就这样大喝一场,醉了整整一天。

王昌龄
王之涣
高适
谁的诗被这四个姑娘唱得最多，谁就是第一。
奉帚平明金殿开，暂将团扇共徘徊。玉颜不及寒鸦色，犹带昭阳日影来。
哈哈，又是我的诗！
听她唱，如果不是我的诗，我就一辈子不再和你们比诗了。
黄河远上白云间，一片孤城万仞山。羌笛何须怨杨柳，春风不度玉门关。
哈哈哈！

七嘴八舌

沈括：唐代写鹳雀楼的诗太多了，王之涣的《登鹳雀楼》能排第一。

王昌龄：这次算你走运，下次再找几位高品位的歌女，她们肯定都唱我的诗！

导游：想到王之涣笔下的鹳雀楼体验一下吗？鹳雀楼结构奇特，气势宏伟，我们期待您的到来！

来听故事吧

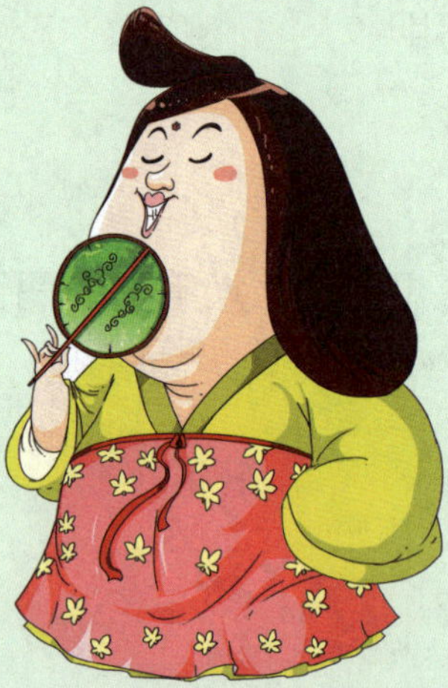

王昌龄

边塞的好汉,龙标的好官

698年—756年,字少伯

称　号:世称王龙标,有"诗家天子王江宁"之称;被后人誉为"七绝圣手"

籍　贯:河东晋阳(今山西太原)

代表作:《从军行》
　　　　《出塞》
　　　　《芙蓉楼送辛渐》

牛人时间轴

王昌龄这辈子

698年
0岁

王昌龄出生在一个没落的家庭，父祖几代都没有当官的，到他这一辈就更穷得叮当响。他小时候在故乡耕作读书，决心凭借聪明睿智、发奋进取来改善生活，他始终相信"知识改变命运"。

727年
30岁

皇天不负苦心人，经过坚持不懈的追求，王昌龄终于金榜题名，当上了秘书省校书郎①。可是好景不长，不久之后他就被贬到了岭南。

734年
37岁

好歹王昌龄是靠才华吃饭的。这一年，他考中了博学鸿词科②，改任汜水③县尉，不久后又升为江宁丞，相当于现在南京市副市长。

牛人时间轴

740年
43岁

王昌龄途经襄阳,顺道去探访老友孟浩然。孟浩然刚刚生了场大病,然而俩人见面分外亲切。吃饭时孟浩然吃了点儿海鲜,又喝酒助兴,没想到旧病复发,竟然死了。王昌龄悲痛万分。

748年
51岁

王昌龄遭人诬陷,又被贬到龙标。在龙标,王昌龄的生活十分清苦,他和老仆人沿路捡拾枯枝败叶充当做饭的柴草。虽然自己不走运,但他洞悉民情,为官清廉,为政以宽,是个颇有政绩的地方官。

756年
59岁

正当他潜心研究当地各少数民族文化、指导龙标人民发展生产的时候,"安史之乱"爆发了。王昌龄离开龙标返回故里,结果被刺史④闾丘晓杀害。

牛人时间轴

注释

① 秘书省校书郎：掌管朝廷的图书管理工作，也就是负责校对工作的小官。

② 博学鸿词科：唐代的一种考试，在科举考试中成绩优秀者可以参加。如果在博学鸿词科考试中成绩优秀，可立即入仕。

③ 汜水：古称"雄镇"，是河南省荥阳市辖镇。

④ 刺史：治理地方的长官。

边塞，男子汉的大舞台

主持人： 观众朋友们大家好，欢迎来到《超级访谈》，今天我们请到的是"诗家天子""七绝圣手"王昌龄！

王昌龄： 主持人好！大家好！

主持人： 听说您前段时间远赴边疆，有没有什么收获呢？

王昌龄： 西出长安，踏上出塞之路，头顶是自由的塞外风，脚下是沉重的边关土。行走，对一个男子汉来说是幸福的；有能力漫游，说明你还年轻，还有勇气和希望。

主持人： 说得真好。在这期间，您也创作了不少名篇佳作，能跟我们分享一下吗？

超级访谈

> 还记得青海湖连绵不断的大片乌云，遮暗了终年积雪的祁连山；远远眺望只看见孤独的城池，那正是春风都吹不到的玉门雄关。在黄沙莽莽的疆场上，将士们身经百战磨穿了铁甲衣衫，但是不彻底消灭入侵的边贼，他们将誓死不回家！看着这样的情景，我就写下了一组诗，下面是其中一首。

王昌龄

从军行

青海①长云暗雪山②，孤城遥望玉门关③。
黄沙百战穿④金甲⑤，不破楼兰⑥终不还。

主持人：思乡与豪情如此融洽无间，只有您这样的大家才能驾驭自如，太厉害了！让我们再次感谢王昌龄的到来，下期节目再见！

注释

① 青海：指青海湖。
② 雪山：指祁连山。
③ 玉门关：汉武帝置，因西域输入玉石取道于此而得名。
④ 穿：磨穿。
⑤ 金甲：战衣，金属制的铠甲。
⑥ 楼兰：汉西域国家，这里指侵扰西北地区的敌人。

飞将军，我们想你

从古至今，边关地区就没怎么消停过，战乱一直不断。遥想汉代，匈奴就经常侵犯边境，但是他们运气不好，碰上了飞将军李广①。李将军太厉害了，祖上就是名将，射箭是李家的家传绝招。传说有一次，李将军把一块大石头误当作老虎，一箭射去，箭头居然插进了石头里，可见李将军射箭的功夫有多么高深。

特别推荐

李将军不但精通射箭,而且足智多谋。有一回,他带领一百多名骑兵追赶三个匈奴人,没想到碰上了几千名匈奴骑兵。李将军身边的士兵脸都吓白了,只想着赶紧逃跑,他却说:"咱们离大营有几十里远,还没等咱跑回去,他们就会追上来。不如我们原地休息,他们一定以为我们是专门来诱敌的,有大军在后面埋伏,这样他们就不会来追赶我们了。"士兵们听了,只好下马休息。匈奴骑兵一看,这一百多名汉朝士兵解下马鞍,横七竖八地躺在地上,实在觉得奇怪,怕中了汉军的埋伏,趁着天黑悄悄撤退了。

从此以后,匈奴人都认为李将军用兵如神,听到他的名字都会害怕。

可你看看现在,明月还是秦汉时代的明月,边关也还是秦汉时代的边关,而远赴边疆的将士们却很难再回家了。为什么呀?就是因为我们没有像李广将军这样的大将啊!如果今天李将军还在,他绝对不会让敌人这么轻易就越过了阴山。

想到这里,我感慨万千,便写下了下面这首诗。

出塞

秦时明月汉时关,万里长征[2]人未还。
但使[3]龙城飞将[4]在,不教[5]胡马[6]度阴山[7]。

唉，不说了，千言万语汇成一句话："李将军，我们想你！"

注释

① 李广：西汉时期的名将，陇西成纪（今甘肃天水秦安县）人。果敢坚毅、足智多谋、箭术高超，曾多次抗击匈奴，致使匈奴再不敢侵犯西汉边境。

② 长征：在外征战。

③ 但使：只要。

④ 龙城飞将：指的是汉代飞将军李广。龙城是唐代的卢龙城（今河北省喜峰口附近一带），这里曾是李广练兵之地。

⑤ 不教：不叫，不让。教，让。

⑥ 胡马：指侵扰内地的外族骑兵。

⑦ 阴山：昆仑山的北支，起自河套西北，横贯绥远、察哈尔及热河北部，是我国北方的屏障。

诗家天子带领龙标人民奔小康

王昌龄被贬到龙标当了一个地方官，他的人生却发生了意想不到的变化。龙标地处偏远，常被误认为是一个险山恶水的破地方，其实那儿山清水秀、景色宜人。那里的各少数民族团结友爱，各部落之间友好往来，民风出奇的古朴。诗家天子莅（lì）临此地，百姓们自然是热烈欢迎了。

由于百姓们的拥戴，王昌龄干劲十足。他把大部分精力都放在了对这里各民族文化的研究上，他极力把优秀的汉族文化播撒到这块极少受到外来文化影响的土地上。他创办了"龙标书院"，亲自授课，让龙标各少数民族子弟接受汉文化教育。在王昌龄的影响下，龙标各少数民族部落开始学会使用汉字，逐渐能用汉语交流。

作为龙标县尉，王昌龄狠抓社会治安管理，一边教化民众，一边明确赏罚，一时间龙标城内路不拾遗、夜不闭户，小偷小摸看不见，强盗土匪没踪影。

此外，据说王昌龄还改变了龙标原始的劳作方式，指导各少数民族群众用牛耕田、兴修水利、开荒造田，扩大农业生产，带领龙标人民奔小康。

最后，王昌龄还在龙标修建了一座饮酒赋诗、宴宾送客的酒楼，这座酒楼就是大名鼎鼎的芙蓉楼。什么？听着耳熟？没错，《芙蓉楼送辛渐》就是在这里写成的。

贬官外任，还能如此敬业、勤政爱民，诗家天子王昌龄果然是一位难得的好官。

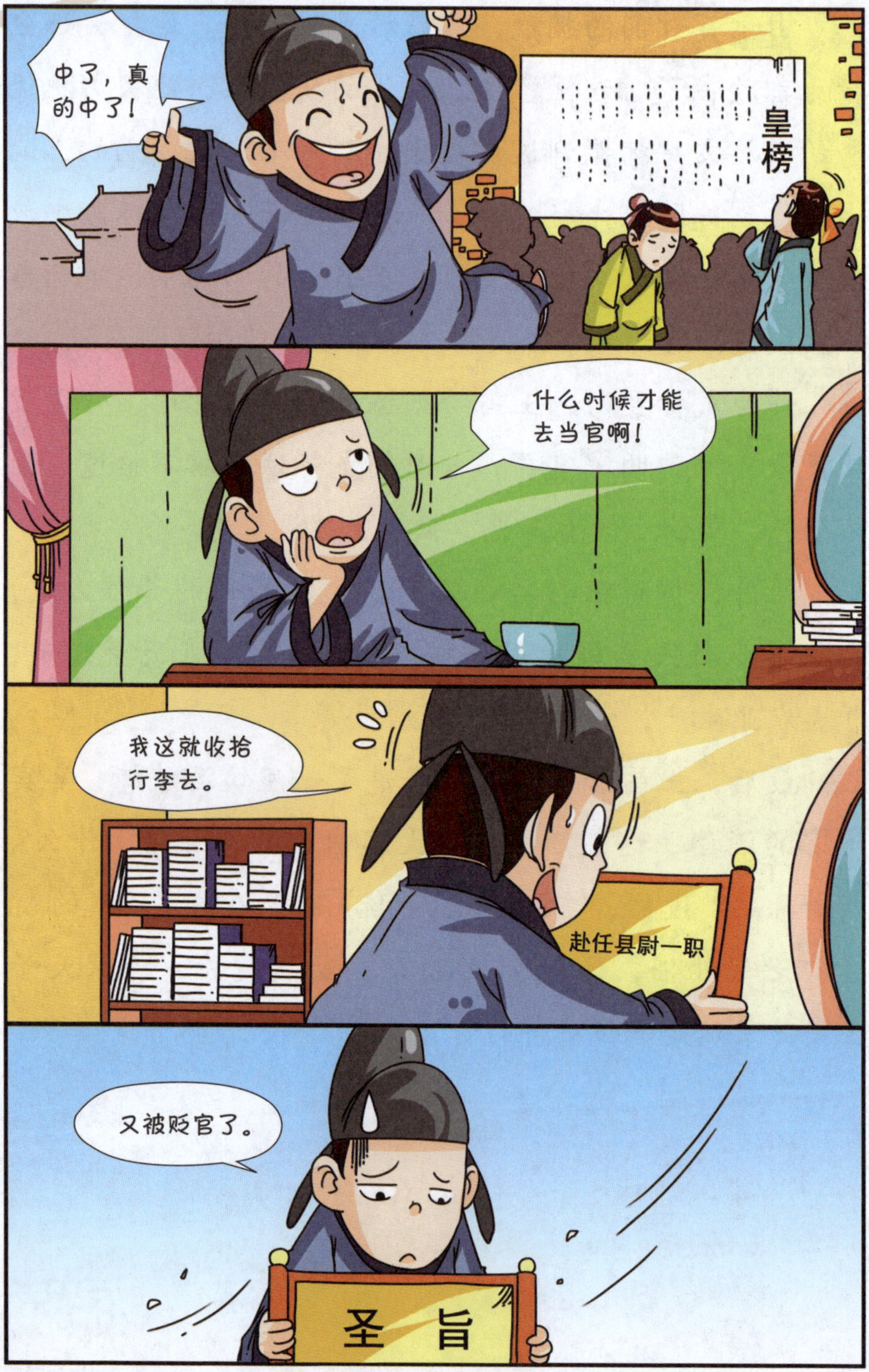
中了，真的中了！
皇榜
什么时候才能去当官啊！
我这就收拾行李去。
赴任县尉一职
又被贬官了。
圣旨

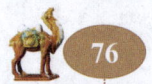

七嘴八舌

李白：王昌龄被贬到龙标了？杨花落尽子规啼，闻道龙标过五溪。我寄愁心与明月，随风直到夜郎西。（《闻王昌龄左迁龙标遥有此寄》）

孟浩然：王昌龄，我恨你！就是因为见到你太高兴我才喝酒的！我不要死！

辛渐：你的"一片冰心在玉壶"我已经转达给洛阳的亲友了，大家都很想念你，希望你早日回家！

来听故事吧

77

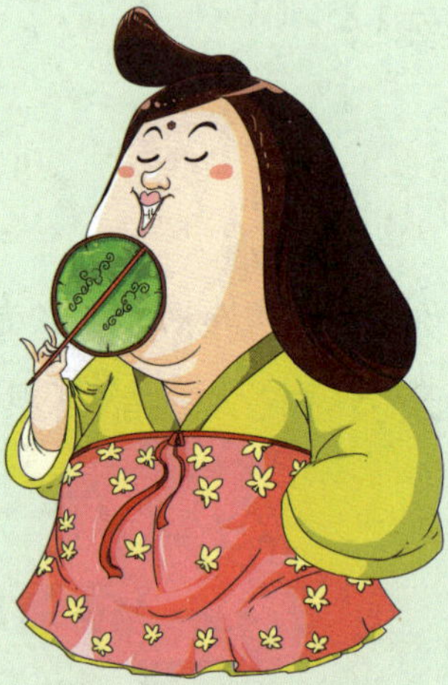

王 维

我就喜欢安静的地方

701年—761年，字摩诘

称　号：诗佛；世称王右丞

籍　贯：河东蒲州（今山西运城）

代表作：《山居秋暝》

《鸟鸣涧》

《九月九日忆山东兄弟》

《使至塞上》

牛人时间轴

王维这辈子

701年
0岁

王维的母亲是一个超级虔诚的佛教徒，信奉维摩诘菩萨，所以把"维摩诘"三个字拆开，给自己的孩子起名叫王维，字摩诘。

715年
15岁

王维精通绘画、书法和音乐。初到长安时，他就凭借自己非凡的才艺轰动了京城。

721年
21岁

王维考中了进士，又因为他精通音律，所以被封为太乐丞①。然而过了不久，因府中演员私自舞黄狮子②，王维受到牵连而被贬为济州司仓参军③。

734年
34岁

当朝宰相张九龄看上了有才的王维，很快就提拔他为右拾遗④。

牛人时间轴

755年 55岁

王维对做官没有太大兴趣。他在京城郊外修建了一座别墅，其间有山有湖，环境清幽。他白天上班，晚上就回到安静的小别墅里修身养性。

756年 56岁

"安史之乱"爆发，王维在战乱中被叛军抓获。安禄山知道王维有才，便强迫他当给事中⑤。这在叛乱被平定后成了严重问题，王维被扣上了叛变的帽子。他赶紧拿出当时所写的思慕天子的诗作，再加上弟弟王缙为他求情，王维这才保住性命。

761年 61岁

王维晚年住在自己建造的别墅里，经常吃素食，不沾荤腥。也许时间久了，营养不均衡，他的身体一天比一天差，最终得病而死。

牛人时间轴

注释

① 太乐丞：负责朝廷礼乐的官员。

② 黄狮子：黄狮子舞只能为皇帝表演，不能私自演出。

③ 司仓参军：负责管理仓库的九品小官。

④ 右拾遗：负责给皇帝提出建议的官员。

⑤ 给事中：时常陪伴在皇帝身边，随时解答皇帝疑问的官员。

我的别墅环境好

主持人： 大家好，欢迎收看《超级访谈》，今天来到节目做客的是"诗佛"王维。

王维： 主持人好！大家好！

主持人： 大家有所不知，今天我们能请到王维实在是不容易，因为他一直隐居在自己城郊的别墅里，轻易不出来见人。

王维： 是的。我的别墅环境优雅，是打坐参禅、思考人生的绝佳场所。我的《山居秋暝》就是在别墅中所写。有一天傍晚，刚刚下过一场雨，青山被冲刷得特别清朗。雨后湿润的空气让我感受到了秋天的气息。晚上的月光很亮，从松树林的缝隙间洒落下来，清澈的泉水在岩石上叮叮咚咚地流淌。突然，竹林里传来一阵喧闹声，我仔细一听，原来是洗衣服的女孩子们回来了。咦，水上的荷叶怎么

王维： 摇动了呢？哦，原来是荷叶下有渔船划过。即使春天花草的芳香全都消失了，我也要留在这秋的美景中。《楚辞·招隐士》中不是说"王孙兮归来，山中兮不可以久留（王孙回来吧，山中不能久留）"吗？我偏要说，这么好的地方，你就放心地留下来吧。想到这里，我就写下了下面这首诗。

山居秋暝

空山[①]新[②]雨后，天气晚来秋。

明月松间照，清泉石上流。

竹喧[③]归浣女[④]，莲动下渔舟。

随意春芳歇，王孙自可留。

主持人： 听了介绍，我也想去您的别墅逛一逛了。万一到时候去您那儿参观的人太多，还得麻烦您给我留张门票啊！好了，今天的《超级访谈》就到这里，我们下期再见！

注释

① 空山：空旷、空寂的山野。

② 新：刚刚。

③ 竹喧：竹林中笑语喧哗。

④ 浣（huàn）女：洗衣服的姑娘。浣，洗衣服。

特别推荐

月亮竟然吓飞了小鸟

前几日游历江南之时,我在友人皇甫岳所居的云溪别墅里小住了几天。那里山清水秀,祥云缭绕,环境十分清幽雅致,这正是我喜欢的地方啊!四处游览一番后,我诗兴大发,写下了下面这首诗。

特别推荐

鸟鸣涧

人闲桂花落,夜静春山空。
月出惊山鸟,时鸣春涧①中。

那是一个春天的夜晚,山里空荡荡的,没有行人烦扰,只有桂花无声地飘落。不一会儿,一轮明月缓缓升起,霎时间,整座山都沐浴在静谧的月光之中。几只山中的小鸟被这明亮的月光吓到,居然飞到溪谷中叽叽喳喳地叫了起来。本来寂静的山谷,多了几声小鸟的啼鸣,不仅没有破坏意境,反而让这个春夜显得更加幽静了。

这真是个洗涤心灵的好地方啊!要说热闹繁华的地方在我们强盛的唐朝多得是,但又有多少人能够安静下来,在这幽静的山谷,享受片刻心灵的宁静呢?

注释

① 涧:夹在两山之间的水沟。

王维，字摩诘，这个名字有点儿怪

现在的人有姓有名就够了，但在古代，不仅要有姓有名，还要有字。字是一个与本名含义相关的别名。字的取法一般有这么几种。

第一种，解释补充型。字解释名，比如著名的大诗人李白，字太白。这个"太白"就解释了"白"，告诉你"白"指的是太白金星，而不是说他长得白。

第二种，相反型。比如韩愈，字退之。"愈"表示程度加深，是更加、胜过的意思。一个人如果不停地追求更好的人生，那活得也太累了，所以在适当的时候也要退一步，给今后漫长的人生留下空间。再比如宋代有个诗人叫刘过，字改之。"过"的

意思是过错。人非圣贤，孰能无过？知错能改就行。

第三种，表明排行型。古人用伯仲叔季来表示排行，家里老大叫伯，老二叫仲。孔子名丘，字仲尼，这个"仲"就表明孔子是家里的第二个男孩儿，换句话说，孔子应该还有个哥哥。那"尼"是什么意思呢？这就要和"丘"连起来说了。相传孔子的母亲曾经向尼丘山祈祷，后来便生下孔子，所以就把"尼丘"两个字拆开，分别放在了名和字里。

然而像王维这种名和字倒真是罕见。王维的母亲信奉佛教里的维摩诘菩萨，所以活生生把菩萨的名字拆开，放在了孩子的名字里。

欢乐谷

七嘴八舌

王缙： 大哥啊，皇帝说你叛变，多亏我去求情，才免你一死，你怎么报答我啊？你要请我吃饭！

苏轼： 品摩诘之诗，诗中有画；观摩诘之画，画中有诗。你这么有才华，如果咱俩生在同一朝代，那必然是把酒言欢、无话不谈的知己啊！

艺术特长班： 大诗人王维，通音律、懂绘画，还会下棋。想让您的孩子像王维那样多才多艺吗？这里有音乐、美术、围棋等多种文体培训课，赶快报名吧！

来听故事吧

孟浩然

当不了官,我只能去隐居

689 年—740 年,字浩然,号孟山人

称　号:孟襄阳
籍　贯:襄州襄阳(今湖北襄阳)
代表作:《春晓》
　　　　《过故人庄》
　　　　《早寒江上有怀》
　　　　《望洞庭湖赠张丞相》

牛人时间轴

孟浩然这辈子

689年
0岁

孟浩然出生在襄阳，家里略有田产，生活虽不是大富大贵，但也衣食无忧。祖辈也都是读书人，给了他不少文化上的熏陶。

713年
25岁

年轻时的孟浩然隐居在襄阳的鹿门山中。25岁时，孟浩然离开家乡，开始四处漫游，结交权贵。据说他来到洞庭湖，见到了宰相张说，便写了首《望洞庭湖赠张丞相》递上去，希望宰相能够向朝廷推荐自己，然而这首诗并没有引起宰相的重视。

724年
36岁

听说唐玄宗在东都洛阳，孟浩然便风风火火赶去，渴望能够面见皇帝。可是，皇帝不是那么好见的，孟浩然在洛阳待了三年，也没有见到唐玄宗。

729年
41岁

　　孟浩然认识了王维，两个人很快成了好朋友。有一次，他们在王维家里聊天，唐玄宗突然驾到。孟浩然完全没有任何准备，一下子慌了神，情急之中居然钻进了床底下。被唐玄宗叫出来后，孟浩然给皇帝念了首诗。就是这首诗得罪了皇帝，让他错失了当官的机会。

734年
46岁

　　韩朝宗是襄州刺史，很欣赏孟浩然，就约他一同到长安，准备举荐他当官。但孟浩然竟然因为和朋友聚会喝多了，错过了约定的时间，从而又一次失去了机会。

740年
52岁

　　王昌龄游襄阳，拜访孟浩然，两个人相见甚欢。当时孟浩然背上长了毒疮，本来已经快治好了。但好友到访，总要好酒好菜地招待一番。结果美酒海鲜一下肚，背上毒疮发作，孟浩然一命呜呼。一代大诗人居然是"吃"死的，说来也让人哭笑不得。

超级访谈

恋上农家乐

主持人： 大家好，欢迎来到《超级访谈》。今天我们请到了唐代田园诗的代表人物孟浩然！

孟浩然： 主持人好！大家好！

主持人： 您的田园诗在唐代是一绝。那您为什么钟情于创作田园诗呢？

孟浩然： 因为我年轻时曾在鹿门山中隐居，结交了很多农民朋友，发现他们那种男耕女织、春华秋实的生活非常自然纯朴，所以就写了很多田园诗来赞美这种生活。

主持人：《过故人庄》就是那个时候写的吧？

孟浩然： 没错。那天我的老朋友准备好了黄米饭和烧鸡，邀请我去他家做客。我当时一走进

村里,就好像完全进入了另一个天地。那又浓又密的绿树团团环抱着村庄,城外还能看见一大片青山。进了屋,一推开窗,迎面就是菜园和打谷场,我和那个老朋友就边喝酒边聊天。我们定好了在重阳节那一天,我还去他家喝酒赏菊花。一回到家,我就趁着酒劲儿写下了《过故人庄》这首诗。

过故人庄

故人具[1]鸡黍[2],邀我至田家。

绿树村边合[3],青山郭[4]外斜。

开轩[5]面场圃[6],把酒[7]话桑麻[8]。

待到重阳日,还(huán)来就菊花[9]。

哎呀,我好像闻到了菜园的泥土味,看到了庄稼的成长和收获,更感受到了您内心世界的和谐,真是一首好诗啊!在回味的同时,本期节目要跟大家说再见了。我们下期再会!

超级访谈

注释

① 具：准备。

② 鸡黍：黍，俗称黄米，六谷之一，是古代的一种主食。鸡黍，在这里泛指农家的饭菜。

③ 合：环绕。

④ 郭：古代城墙有内外两重，内为城，外为郭。这里指村庄的外墙。

⑤ 轩：窗户。

⑥ 场圃：场，指打谷场，给谷物脱壳的地方。圃，指菜园。

⑦ 把酒：拿起酒杯。把，端着，拿起。

⑧ 桑麻：桑树和麻，这里泛指农事。

⑨ 就菊花：指欣赏菊花与饮酒。就，靠近，这里指欣赏的意思。菊花，既指菊花，又指菊花酒。

特别推荐

春天，你慢点儿走

各位新朋老友们，大家好！我是孟浩然，前阵子闲来无事，翻看了一下我以前的作品，找到了《春晓》这首大家耳熟能详的诗作。经历了人生的起起伏伏，当我再读这首诗时，心里有了不一样的体会，今天，就让我们一起重温这首诗。

春晓

春眠不觉晓①，处处闻啼鸟②。
夜来风雨声，花落知多少③。

一个春天的早晨，天都大亮了我还不知道。一觉醒来，就听到屋外都是鸟儿叽叽喳喳的叫声，本想睡个懒觉呢，也只得作罢。正在打哈欠的时候，我突然想到昨天晚上好像听到了一阵风声和雨声，现在庭院里盛开的花朵也不知被风雨打落了多少。

特别推荐

　　不理解这首诗的人总批评我，说我像个小姑娘一样多愁善感，花落了也要悲伤。其实不是。一般人们看到百花凋落都会心生怜悯，更何况，花落了是说明春天要过去了。俗话说，一年之计在于春。一年中最美好的时光要过去了，怎能不令人忧愁呢？再往远处想想，一个春天过去了，又要等足足一年才能迎来下一个春天，生命就在这春天的到来和离去中逐渐消逝了，谁又能不爱惜生命呢？

　　所以啊，我悲叹的不是花，是时间，是生命！

注释

① 不觉晓：不知不觉天就亮了。晓，早晨，天明，天刚亮的时候。
② 闻啼鸟：闻，听见。啼鸟，鸟啼，鸟的啼叫声。
③ 知多少：不知有多少。知，不知，表示推想。

孟大哥，您怎么藏床底下了

话说孟浩然年轻时很有才华，但是他不屑于参加科举考试，总是认为自己足够有才，早晚会有人发现自己，并将自己推荐给朝廷。

有一次，孟浩然来到长安，认识了王维。两个人都是大诗人，又都擅长写山水田园诗，所以很快就成了好朋友。一天，王、孟二人正在屋里闲聊，突然仆人来报，说唐玄宗来了。王维出身于世家大族，见过大世面，皇帝来了也不慌张，整一整衣冠便出门接驾。孟浩然却从来没想过自己能这么轻易就见到皇帝，一下子慌了神，顿时又惊又怕。眼看唐玄宗就要进来了，孟浩然一咬牙，钻到了床底下。

王维迎接唐玄宗进屋，发现孟浩然没了，仔细一找，原来躲在床下。王维心想：孟大哥啊，面见圣上，正是你展示才华的好机会啊，你怎么躲床底下去了？再说了，你躲在床底下，万一被侍卫发现，还以为你是刺客呢。想到这里，王维赶紧和唐玄宗闲聊起来，以吸引皇帝的注意力，别让孟浩然被发现了。

躲在床底下，换谁都难受。渐渐地，孟浩然体力不支，呼吸的声音越来越粗，终于被唐玄宗发现。王维也

不敢隐瞒，赶紧报告："襄阳孟浩然也在屋里。"说完就让孟浩然赶紧出来。

孟浩然吃力地从床底下爬出来，拍了拍身上的土，赶紧向皇帝行礼。唐玄宗看见孟浩然滑稽的样子，不禁笑了起来，说："孟浩然，你的诗很有名啊，我早就听说过你，却从来没见过。来来来，给我念念你的诗。"

这可是向皇帝推荐自己的好机会啊，只要孟浩然念的诗对皇帝的胃口，说不定就直接封他为官了。

孟浩然开口念道："北阙休上书，南山归敝庐。不才明主弃，多病故人疏……"还没等他念完，唐玄宗就不高兴了。"不才"意思是没有才华，是孟浩然对自己的谦称。"明主"意思是贤明的君主，这里当然是指唐玄宗。连起来意思就是"我没有才华，皇帝抛弃了我；我年老多病，老朋友也疏远了我"。

唐玄宗生气地说："是你自己不努力求官，我从来没有抛弃过你，你怎么能污蔑我呢？我看你还是哪儿来的回哪儿去吧！"于是下令，将孟浩然放归襄阳。

这应该是孟浩然一生中实现梦想最好的一次机会了，可他却因为一句诗惹怒了皇帝，实在是可惜啊！

欢乐谷

七嘴八舌

王维：我说老孟啊，你不是天天吵着要见皇帝吗？怎么皇帝来到你面前，你却钻到床底下去了？让我说你什么好……

王昌龄：如果我知道你的病还没好，我肯定不让你喝那么多酒啊！

韩朝宗：想让我推荐的人都排着长队要见我，这孟浩然倒好，约好了日期竟然没来，真是没有时间观念！

来听故事吧

李 白

统治诗坛的"外星人"

701年—762年，字太白，号青莲居士，又号"谪仙人"

称　号：诗仙，与杜甫并称"李杜"
祖　籍：陇西成纪（今甘肃省天水市秦安县）
代表作：《将进酒》
　　　　《蜀道难》
　　　　《静夜思》

李白这辈子

701年
0岁

据说,李白的母亲梦到太白金星从天上坠落,掉进自己的肚子里,梦醒之后生下了李白。所以李白的父母一致认为这孩子是天神下凡,所以给他起了个字,叫"太白"。

715年
15岁

李白对剑术产生了极大的兴趣,没有人教过他一招一式,但他却凭借过人的天分将剑术练得炉火纯青。

725年
25岁

这一年,李白离开故乡,开始漫游四方,希望遇到一个有眼光的人,向朝廷推荐自己。在一个月光明亮的秋夜,李白踏上小船,去往三峡。站在船头,李白写下了《峨眉山月歌》。

牛人时间轴

742年 42岁

李白的诗受到贺知章和玉真公主的交口称赞，唐玄宗看了他的诗后也对他大为赞赏，立即让他供奉翰林。李白进宫那天，唐玄宗亲自去迎接他，赐他宝座和美食，还亲手为他搅拌碗里的肉汤。

743年 43岁

供奉翰林没什么实际的权力，每天就是陪皇帝写诗散步。李白实在闲得无聊，便每天喝得大醉。有一天，唐玄宗让李白写诗，醉醺醺的李白居然让唐玄宗的宠臣高力士给自己脱鞋，又让杨贵妃给自己研墨。这下他可惹恼了朝中权贵，大家纷纷上书批评李白。唐玄宗见状，只好赐给他一些金子，把他打发走了，历史上叫"赐金放还"。

755年 55岁

"安史之乱"爆发，李白投靠永王李璘，希望他能割据江南，进而称帝。唐玄宗派淮南节度使率兵镇压，李璘大败，李白也被抓了起来。这位淮南节度使就是高适。

牛人时间轴

759年
59岁

李白因为图谋造反被流放到夜郎。而这一年陕西关中地区发生大旱灾,皇帝为了积点德,宣布大赦天下。原来判了死刑的,都改流放;原来判了流放的,都可以回家。李白激动得热泪盈眶,赶紧跳上小船,顺流而下,赶往家中。在路上,他写下了《早发白帝城》。

762年
62岁

病重的李白依然在继续着他的写诗事业。最终,李白在病榻上把《临终歌》的手稿交给了在当涂做县令的族叔李阳冰,而后与世长辞。

酒，就是用来解愁的

主持人： 欢迎大家来到本期的《超级访谈》。今天我们有幸请到了"诗仙"李白！

李白： 大家好！来来来，端起酒来，我们先喝一杯。

主持人： 您还真是走到哪儿喝到哪儿啊。喝那么多酒，不怕喝坏身体吗？

李白： 怎么会喝坏身体呢？喝酒的好处太多了，最大的好处就是解愁。听说过我的《将进酒》吗？
君不见黄河之水天上来，奔流到海不复回。
君不见高堂①明镜悲白发，朝如青丝暮成雪。
这黄河水啊，从天上流下来，奔流到大海就再也不回来了。这时间就跟河水一样，奔流向前，一去不返。想想爸妈的头发，早上还是黑的，晚上就跟雪一样白了，直教人对着镜子悲叹。

超级访谈

主持人： 一天时间头发就变白了，这是去染发了吗？

李白： 谁说染发了？都是因为时间过得太快啊！人生短暂，我们该怎么办呢？

人生得意②须尽欢，莫使金樽③（zūn）空对月。
天生我材必有用，千金散尽还（huán）复来。

高兴的时候就应该尽情狂欢，不要让金酒杯空空地对着月亮，你得在里面倒上酒。钱花完了也不要担心，总有一天还能赚回来。

主持人： 您这么有自信？

李白： 那当然了。

烹羊宰牛且为乐，会须④一饮三百杯。
岑（cén）夫子，丹丘生⑤，将进酒⑥，杯莫停。

来来来，杀牛杀羊，痛快一次。岑夫子，丹丘生，快喝呀，别停下，喝他个三百杯！

主持人： 完了，李白疯了。

超级访谈

李白： 嘘，别吵！听我给大家唱首歌。

与君歌一曲，请君为我侧耳听。

钟鼓⑦馔（zhuàn）玉⑧不足贵，但愿长醉不复醒。

古来圣贤皆寂寞，惟有饮者留其名。

你们都仔细听着：音乐、美食都不值钱，我只想把自己喝醉，再也不醒来。自古以来的圣人都是寂寞的，只有会喝酒的人才会垂名青史。

主持人： 您这么喝下去，不怕没钱结账啊？

李白： 陈王曹植当年设宴平乐观的事你知道吗？

陈王⑨昔时宴平乐⑩，斗酒十千恣⑪欢谑（xuè）。

主人何为言少钱，径须沽⑫取对君酌⑬（zhuó）。

五花马⑭，千金裘（qiú），

呼儿将出换美酒，与尔同销万古愁。

陈王设宴，即使一斗酒十千钱也照样让宾主尽情喝，你怎么能说钱不够呢？只管买酒来让我们一起痛饮。那些什么名贵的五花良马，昂贵的千金狐裘，把你的小儿子喊出来，都让他拿去换美酒吧，让我们一起来消除这无穷无尽的万古长愁！

109

超级访谈

主持人：您到底愁什么啊？

李白：哎，还不是我这一身才华无处施展吗？世界上最伤心的事儿就是怀才不遇了。

主持人：原来是这样，您表面自信狂放，其实却因为怀才不遇而悲伤痛苦。我只能祝您好运了。本期《超级访谈》就到这里，我们下期再见！

注释

① 高堂：高大的厅堂。这样的房间一般让家里的长辈居住，所以高堂就变成了长辈的代称。

② 得意：适意高兴的时候。

③ 樽：酒杯。

④ 会须：应该。

⑤ 岑夫子，丹丘生：岑夫子指岑勋，丹丘生指元丹丘，两个人都是李白的好友。

⑥ 将进酒：请喝酒。

⑦ 钟鼓：乐器，这里代指美妙的音乐。

⑧ 馔玉：精美的食物。

⑨ 陈王：指陈思王曹植。

⑩ 平乐：平乐观，宫殿名。在洛阳西门外，为汉代富豪显贵的娱乐场所。

⑪ 恣：放纵，无拘无束。

⑫ 沽：通"酤"，买或卖，这里指买。

⑬ 酌：斟酒。

⑭ 五花马：唐朝开元、天宝年间，社会上很讲究马的装饰，常把马的鬃毛剪成花瓣形状，剪成三瓣的叫三花马，剪成五瓣的叫五花马。后来演化为一般好马的泛称。

特别推荐

敢问路在何方

  我一辈子不知道写了多少首诗，令我印象最深刻的是《行路难》，因为那是我被皇帝赐金放还的时候写的，那时的我，心情别提多复杂了。

> 金樽清酒斗十千①，玉盘珍羞直万钱。
> 停杯投箸②不能食，拔剑四顾心茫然。

  金杯盛着名酒，我喝不下去；玉盘装着美食，我没有胃口。放下酒杯，扔掉筷子，我拔出宝剑，却不知道自己要干什么。

> 欲渡黄河冰塞川，将登太行雪满山。
> 闲来垂钓碧溪上，忽复乘舟梦日边。

  这种感觉太难受了，就好像你想渡过黄河，黄河结冰了；想登上太行山，山路上都是雪。那真是想干什么都干不了。想想人家姜太公和伊尹：姜太公在河边钓鱼，遇到了周文王；伊尹梦见自己乘船从太阳旁边经过，后来就遇到了商汤。他们都遇到了能够赏识自己的人，我

特别推荐

李白怎么就遇不到呢?

> 行路难!行路难!多歧路,今安在?
> 长风破浪会有时,直挂云帆济③沧海。

路难走,路难走啊!这么多岔路口,到底哪条路才是正确的?算了,管他呢。我相信乘风破浪的时机一定会到来,那时候,我必将扬起征帆,远渡碧海青天。

注释

① 斗十千:一斗值十千钱(即万钱),形容酒美价高。
② 箸:筷子。
③ 济:渡过。

李白三友——诗·酒·剑

说起唐代诗人,我们第一个想到的必然是李白。清代诗人赵翼就说过:"李杜诗篇万口传"。李白的诗歌不但文人墨客非常欣赏,而且普通老百姓也都十分喜欢,甚至连三岁小孩儿都能咿咿呀呀背上几句。

李白存世的诗文达千余篇,他曾亲自踏遍万水千山,写下了大量赞美名山大川、抒发豪情的诗篇。李白的诗充满了浪漫主义色彩,雄奇的景观和奔放的想象是他诗歌的两大特色。他的诗歌语言清丽明快、流畅奔腾,情感热烈而真挚,强烈地表达了对美的崇尚,对自由的追求。

李白嗜酒如命,酒是他创作诗歌灵感的来源,杜甫曾说:"李白

斗酒诗百篇"。李白无酒不欢，有时与友人开怀畅饮，有时独自一人，就在月光下自斟自饮，陶醉其中。李白也自诩为"酒中仙"。的确，他因诗而成仙，也因酒而成仙。

　　李白不仅是"诗仙""酒仙"，还是一个"剑仙"。传说李白的剑术相当高明，仅次于"剑圣"裴旻。唐朝有"三绝"，分别为李白之诗、裴旻之剑、张旭之草书。若有第四绝，也许就将李白之剑囊括其中了！现在你对李白的了解更多了，是不是也更喜欢这位仙气十足的大诗人了呢？

家父不在家，您一路辛苦，先进屋休息一会儿吧。
请问您尊姓大名？我好转告父亲。
我的姓是有人偷，名字是鸟落山头不见脚。
偷字去掉单人旁是俞字，鸟落山头不见脚是岛字。您叫俞岛。

七嘴八舌

唐玄宗：李白狂放不羁，为人洒脱；傲岸坚强，任性癫狂；慷慨自负，不拘常调，复杂又难以捉摸。哎，他真是让朕又爱又恨啊……

杜甫：李白斗酒诗百篇，长安市上酒家眠。别人喝多了都撒酒疯，看看我们李白大哥，喝了酒就干两件事：写诗、睡觉！

高力士：你胆子也太大了吧？居然敢让我给你脱鞋！我一定要把你赶出长安！

来听故事吧

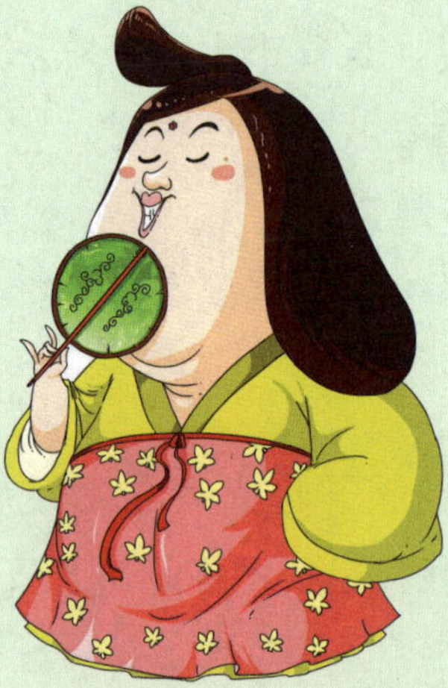

杜 甫

忧国忧民的"战地记者"

712年—770年，字子美，自号少陵野老

称　号：诗圣，他的诗被称为"诗史"
籍　贯：湖北襄阳
代表作：《春望》
　　　　《春夜喜雨》
　　　　"三吏""三别"

杜甫这辈子

712年 0岁
杜甫出身名门，先祖是晋代名将杜预，祖父是唐代著名的诗人杜审言。

718年 7岁
"七龄思即壮，开口咏凤凰"。杜甫7岁时就显露才华，写出了咏叹凤凰的诗作。在古人心里，凤凰象征着王朝的兴衰。俗话说"七岁看老"，从咏叹凤凰就能看出杜甫长大了肯定是个为国家和百姓操心的人。

735年 24岁
杜甫去参加科举考试，可惜运气不佳，没考上，于是他就去山东、河北一带漫游。途中杜甫曾登上泰山，写下了著名的《望岳》。

牛人时间轴

744年 33岁
杜甫在洛阳与李白相遇，两个人相约同游。第二年秋天，两个人再次见面，一起谈论诗文，关系十分密切，甚至连晚上睡觉都盖一床被子。

747年 36岁
权相李林甫把持朝政，作恶多端。这一年唐玄宗招纳天下有才的人到长安应考，李林甫怕应考者揭发自己，于是暗中安排他们全部落榜，杜甫也在其中。考试失利后，杜甫只好转投权贵，希望别人推荐自己，可是也没有任何结果。就这样，杜甫在长安待了整整十年。

755年 44岁
离家十多年，杜甫好不容易回家看看，却发现小儿子居然被活活饿死了，他十分伤心，就将长安十年的感受和沿途见闻，写成了著名的《自京赴奉先县咏怀五百字》。同年，"安史之乱"爆发。

牛人时间轴

759年 48岁

杜甫从河南去往华州，途中见到战乱给百姓带来了无穷的灾难，感慨万千，于是写下了不朽的史诗——"三吏"（《新安吏》《石壕吏》《潼关吏》）和"三别"（《新婚别》《垂老别》《无家别》）。同年，杜甫来到成都，在朋友的帮助下，暂时居住在一间茅草屋里，这间茅草屋后来被称为"杜甫草堂"。

763年 52岁

经过八年的艰苦平叛，"安史之乱"终于结束。朝廷收复了河南、河北地区，杜甫听到消息，喜极而泣，写下了著名的《闻官军收河南河北》。

770年 59岁

常年漂泊在外，贫病交加的杜甫死在了一条去往岳阳的小船上。

别挠了，再挠就秃顶了

主持人：大家好，新一期的《超级访谈》又跟大家见面啦。今天我们非常高兴地请来了唐诗界最顶尖的大腕儿——"诗圣"杜甫！

杜甫：主持人好！大家好！

主持人：杜先生，您怎么披着头发就来上节目了？

杜甫：不是我愿意披着头发，实在是头发太少，盘不起来啊！

主持人：怎么了？脱发了？

杜甫：是啊。安禄山、史思明两个人造反，皇帝都逃跑了，我也赶紧搬家了。后来太子即位，我想可能有转机，安顿好家里人后就去投奔新

超级访谈

杜甫： 皇帝了，没想到竟然被叛军抓回了长安。一路上，我看到国都沦陷，城池残破，心中悲痛不已。再看看身边的花鸟，觉得花儿都流泪了，鸟儿也在哀叫。连绵的战火已经延续了半年多，家讯难得，我捧着一封家信就好像捧着上万两黄金一样珍贵。战火纷飞，我愁得直挠头，本来已经花白的头发是越抓越少，都没剩下几根了，连簪子都插不上了。于是我就把我的感想写成了《春望》这首诗。

春望

国破山河在，城春草木深。

感时花溅泪，恨别鸟惊心。

烽火[①]连三月，家书抵[②]万金。

白头搔[③]更短，浑[④]欲[⑤]不胜[⑥]簪[⑦]。

主持人： 真不好意思，又让您伤心了一回。

杜甫： 没关系，大家能懂就好，也希望我们以后的生活都能安定幸福。

主持人

好的，谢谢杜先生，本期的《超级访谈》就到这里，我们下期再见！

注释

① 烽火：古代边防报警的烟火，这里指"安史之乱"的战火。

② 抵：值，可以抵换。

③ 搔：用手指轻轻地抓。

④ 浑：简直。

⑤ 欲：想，要，就要。

⑥ 胜：受不住，不能。

⑦ 簪：一种固定头发的首饰。古代男子要留长发，成年后把头发固定在头顶，用簪子横插住，就不会散开了。

特别推荐

嘘——春雨来了

我一生漂泊，孤独忧郁。回想起来，也就是在成都，在草堂里住的那段日子还算安稳。那时的每一天我都记得，尤其是在一个春天的夜晚，我正在窗边发呆呢，突然眼前的景色有点儿模糊了，咦？原来是下雨了啊！我喜出望外，赶紧拿起笔写下了这首《春夜喜雨》。

春夜喜雨

好雨知时节，当春乃发生①。
随风潜入夜，润物细无声。
野径云俱黑，江船火独明。
晓②看红湿处，花重锦官城③。

为什么说这雨是好雨呢？因为它来得正是时候，它就跟算好了日子似的，春天一来，它就伴着春风洒落人间。春雨是那么低调，在夜里悄悄地下着，滋润万物，几乎连一点儿声音都没有。不像夏天的雨，一下起来就大吵大闹，烦人。反正我也睡不着，干脆推门而出，站在那儿看看风景。只见田野上一片漆黑，路是黑的，云也是黑的，只有江边渔船上的一点儿渔火放射出一线光芒，显得格外明亮。目睹了春雨绵绵的景象，我非常期待新的一天。等天亮的时候，锦官城大街小巷的花朵一定都吸饱了雨水，沉甸甸地低着头呢。

注释

① 发生：下雨。
② 晓：天刚亮的时候。
③ 锦官城：成都的别名。

诗仙与诗圣

"诗仙"李白和"诗圣"杜甫是中国古代最著名的两位诗人。一个豪迈潇洒，没心没肺；一个忧国忧民，多愁善感。但就是这两个性格完全不同的人，却成了一对极为要好的朋友，这也是历史上的一段佳话。

李白比杜甫大11岁，两个人第一次见面的时候，李白因为喝酒把脑子喝坏了，让皇帝的宠臣高力士给自己脱鞋，让贵妃杨玉环给自己研墨，所以他们怀恨在心，总说他坏话，最终将他赶出了京城。虽说被人赶出来了，但是李白的名气已经远播千里，到处都有崇拜他的人。而杜甫呢，刚刚从科举落榜的阴影中走出来，也已经写出一些优秀的诗作，算是小有名气，但显然还不能和全民偶像李白相提并论。这也难怪李白在《戏赠杜甫》中用"借问别来太瘦生，总为从前作诗苦"一句开了杜甫的玩笑，说杜甫如此干瘦都是因为写诗写不出来，急瘦的。杜甫不甘示弱，也写诗回赠他："痛饮狂歌空度日，飞扬跋扈为谁雄？"他说李白整天就知道喝酒，真是虚度光阴，浪费时间。两个人互相"瞧不起"，但友情却越来越深厚，甚至连白天出去都手拉着手，晚上睡觉都盖一床被子。想象一下这个画面，两个男人，一个三十多岁，一个四十多岁，两个人手拉手一起走，怎么想都有点儿别扭。但他俩的关系就是这么好。

话说回来，杜甫对大哥李白的评价还是很高的，充满了欣赏和崇敬。在《春日忆李白》中，他满怀深情地说："白也诗无敌，飘然思不群。"而当两个人就要分别时，李白也表现出深深的不舍："飞蓬各自远，且尽手中杯！"意思是咱俩就要分开了，赶紧干了杯中的酒吧！哎呀，我说李白，你还真是忘不了你的酒啊！

我一定要好好教训教训这小子！
父亲
杜甫
长大后你想做什么呢？你想做诗人吗？
不想！
那你想像我一样当个小官吗？
不想！
我要做宰相！

七嘴八舌

韩愈：李杜文章在，光焰万丈长。有李白和杜甫在，我们基本上只能为争夺第三名而努力了。他们俩对后辈诗人的影响太大了。

杜审言：我孙子写的诗太好了，真给我们老杜家增光添彩啊！有这样的后人，我骄傲！哈哈！

李白：我说杜老弟，你怎么这么瘦啊？写不出诗愁的吧？你学学我，我喝上一壶酒，就能写出好几首呢。你想喝吗？

来听故事吧

中唐诗坛

755年，唐朝发生了一件不得了的大事，安禄山①和史思明②起兵造反，犯上作乱，史称"安史之乱"。这场内乱持续了八年，在这八年里，老百姓都过着"非人"的日子。据统计，在"安史之乱"爆发前，唐朝全国人口大约有六千多万③，可内乱结束后，人口就剩下了一千多万④。从此以后，大唐盛世一去不复返了。最后，虽然战乱平息了，但遗留下来的问题可不少，灾难远远没有结束。

第一大问题是藩镇⑤割据严重。藩镇本来是皇帝为了保护地方安全而设置的军镇，谁知道后来他们竟然不受中央的控制，要自己管理自己。藩镇之间不是互相攻打，就是联合起来对付朝廷，局面相当混乱。第二大问题是宦官专权。因为造反的是武将，所以皇帝再也不相信武将了，转而信任宦官。到了唐朝中后期，宦官的势力越来越强大，就连皇帝也不得不让他们三分，很多官员也都争相巴结他们。朝廷的官员又分为两派，一派是以牛僧孺为首的，多为科举出身的官员，这一派被称为"牛党"；另一派是以李德裕为首的，由士族出身的官员结成的"李党"。这两个党派争争吵吵了将近四十年，不论是谁，一旦大权在握，就排挤、打压对方。"牛李党争"加深了唐朝后期的统治危机，大唐王朝被他们搅得乌七八糟。这就是第三大问题——朋党勾结。

这三大问题扰得老百姓没有一天安生日子可过。土地逐渐集中到少数大地主、大官僚手中，而越来越多的农民丧失土地，甚至根本就没有土地。在如此艰难的处境中，朝廷还无休止地向农民征税，上缴的钱不减反增。这种水深火热的生活让百姓苦不堪言，怨声载道。

面对战后的种种苦难，杜甫最先发声："国破山河在，城春草木深。"国家已经支离破碎了，整个长安城也一片荒芜。他的诗刮起了一阵不小的现实风，大量写实的诗歌相继出现，其中最出色的诗人就是白居易。他的诗总是关注时代、关注现实，专门讽刺那些祸害百姓的人。更难得的是，他的诗通俗易懂，就连七八十岁的老太太都能看明白。在中唐时期，像白居易这样的诗人还有很多，刘禹锡、韩愈、柳宗元、贾岛、孟郊等人的作品都不约而同地反映了底层人民的生活，他们不再写那些虚幻的理想世界，而是齐刷刷地写自己眼中看到的、亲身感受到的。他们不再随意发挥、即兴作诗，而是在家苦苦思索，直到写出一首好诗为止。整个中唐的诗风一下子变得朴实多了，正是这些诗人为唐朝的诗歌开创了一片新天地。

注释

① 安禄山：唐代藩镇割据势力之一的最初建立者，也是"安史之乱"的祸首之一，他建立燕政权，年号圣武。

② 史思明：与安禄山是同乡，安禄山造反时，他平定河北，被安禄山任命为范阳节度使，占有十三郡，拥兵八万人。

③ 据《中国人口史》中赵文林、谢淑君的观点：唐玄宗天宝十三年（754年），唐朝人口顶峰为6300多万。

④ 据《资治通鉴》记载："是岁，户部奏：户二百九十馀万，口一千六百九十馀万。"

⑤ 藩镇：藩，保卫；镇，军镇。唐代初年在重要各州设都督府，睿宗时设节度大使，玄宗时又在边境设置十节度使，通称"藩镇"。后来藩镇权利越来越大，以至于割据一方，对抗朝廷。

韩 愈

一心为国，得罪皇帝又怎样

768年—824年，字退之

称　号：韩昌黎、昌黎先生
　　　　唐宋八大家①之首
籍　贯：河南河阳（今河南省孟州市）
代表作：《早春呈水部张十八员外》
　　　　《马说》
　　　　《师说》

注释

① 唐宋八大家：唐宋时期以散文著称的八位文学家，即唐代的韩愈、柳宗元和宋代的苏洵、苏轼、苏辙、欧阳修、王安石、曾巩。

牛人时间轴

韩愈这辈子

768年 0岁　　韩愈出生于一个官宦之家，他的祖辈都曾在朝为官，父亲韩仲卿是当时远近闻名的才子，官至秘书郎，负责掌管图书典籍。

770年 3岁　　韩愈的母亲早逝，这一年父亲也不幸去世，小韩愈成了孤儿。好在哥哥韩会和嫂子郑氏十分关心韩愈，抚养他一天天长大。

786年 19岁　　韩愈来到长安，拜当时有名的学者独孤及和梁肃为师，跟随他们学习写文章，在他们的帮助下，韩愈的写作水平得到了快速提高。

792年 25岁　　皇天不负苦心人，韩愈在经历了三次科举考试惨败之后，第四次总算考中了进士，不禁喜极而泣。

牛人时间轴

795年
28岁

韩愈中了进士后仕途依然坎坷,曾经三次参加博学鸿词科考试,三次给宰相写自荐信,均以失败告终。终于在29岁这年受人推荐做了官。

803年
36岁

韩愈受到高官的推荐,在朝廷中担任要职。关中地区(今陕西省)发生了大旱灾,许多灾民被迫离开家乡,不少人饿死街头。可长安地方官李实居然欺骗皇上说天气虽旱,谷子却长得很好。韩愈立刻写了一封奏章,描述了关中地区天旱人饥的真实情况,请求皇上减免这一带百姓的赋税。韩愈的举动惹恼了那些权贵,特别是李实,他偏说韩愈夸大了灾情,如果照韩愈说的办,朝廷就什么钱也收不上来了。唐德宗一听就火了,马上将韩愈贬为阳山①县令。

牛人时间轴

817年 50岁

淮西发生叛乱，韩愈给皇上写了一封奏章，分析了淮西的情况，提出解决办法，并毅然披挂上阵，担负起军事参谋的重任。从未有过战争经验的韩愈竟料事如神，只写了一封劝降信，便让叛军主帅乖乖地投降了。

819年 52岁

唐宪宗派使者去迎佛骨，长安一时间掀起信佛狂潮，许多人倾家荡产也要膜拜佛骨。韩愈认为这样不利于国家安定，便写了篇《论佛骨表》，说供奉佛骨实在是一件荒唐事，要求将佛骨烧毁。唐宪宗看了韩愈的上表，非常生气，又将他贬为潮州刺史②。

822年 55岁

王廷凑有造反的苗头，朝廷派韩愈前去平叛。韩愈到了镇州城里，面对穿着铠甲、拿着刀剑的猛士丝毫不畏惧，有理有据地向王廷凑说明利害，最终说服王廷凑臣服了朝廷。

824年
57岁

824年8月,韩愈因病告假。12月,韩愈在家中逝世。朝廷追授韩愈为礼部尚书③,谥"文"。

注释

① 阳山:在今广东省。
② 潮州刺史:潮州在今广东省,刺史是古代管理地方的官职,大致相当于今天的市长。
③ 礼部尚书:主管礼仪、祭祀、学校、科举等事务的大臣,大致相当于现在的文化部部长兼教育部部长、外交部部长。

春风得意踏青去

主持人： 大家好，今天《超级访谈》请到的是著名文学家，百姓爱戴的父母官，刚刚迁升为吏部侍郎①的韩愈先生。韩侍郎您好！

韩愈： 主持人好！大家好！

主持人： 韩侍郎请坐。您最近平定了王廷凑的叛乱，立下大功，又刚刚升任吏部侍郎，恭喜恭喜。

韩愈： 最近好事连连，我也很高兴啊！前几天，春风吹来，柳树长出了嫩芽，我就迫不及待地想邀请我的好朋友张籍②出来玩。可是他总说自己忙，又说岁数大了走不动，不肯陪我踏青。我便写了首诗吸引他出来玩，告诉他早春的景色特别美：京城的街道上空细雨纷纷，就像酥油般细密，滋润万物生长。远远看去，草色依稀连成一片；近看时，却又显得稀疏零星。这生机勃勃的初春真是一年中最美的

韩愈：时光，远胜过草木茂盛的暮春盛夏。我一高兴就做了一首诗送给张籍。因为他在家中排行第十八，所以诗的题目叫《早春呈水部张十八员外》。

早春呈水部张十八员外

天街[3]小雨润如酥[4]，草色遥看近却无。
最[5]是一年春好处[6]，绝胜[7]烟柳满皇都[8]。

主持人：哇！韩侍郎没用彩笔，仅用诗句便能描绘出美丽的早春色彩——若有似无的、素淡的嫩绿。这敏锐的观察力和细腻的笔触，无论是诗人还是画家，见了您都要九十度鞠躬呀！

韩愈：过奖！我只不过是用别人喝茶的时间写诗罢了。

主持人：期待您更多的佳作。今天的访谈到此结束，观众朋友，咱们下期再见！

注释

① 吏部侍郎：主管官吏任免、考核、升降、调动等事务的官员。

② 张籍：唐代著名诗人，代表作《秋思》。

③ 天街：天子脚下的街道，即京城街道。

④ 酥：奶油、酥油。这里形容春雨的细腻。

⑤ 最：正。

⑥ 处：时候。

⑦ 绝胜：远胜过。

⑧ 皇都：指长安。

特别推荐

伯乐去哪儿了

我刚考中进士时雄心万丈,想马上干一番事业,可是一直没有人赏识我,满腔热血无处挥洒。我曾经先后三次给宰相写自荐信,却只得到一句"回家等消息"的答复。这宰相真是不重视人才啊,所以我偷偷写了篇《马说》来讽刺他。

文章开头说:"世有伯乐,然后有千里马。"伯乐是谁呢?相传天上管理马匹的神仙叫伯乐。在人间,人们将精于鉴别马匹优劣的人也称为伯乐。我认为要有慧眼识珠的伯乐,千里马才会被发现。千里马是经常有的,可是伯乐却很少。所以很多千里马都被埋没了,最终跟普通的马一样死在马厩里,不能获得千里马的称号。

特别推荐

　　这千里马和普通马可大不一样。一匹日行千里的马,"一食或尽粟一石"。"一食"是指一顿饭,"一石"大概是一百多斤。也就是说,一匹千里马一顿饭能吃下一百多斤粮食,而一匹普通马只吃几十斤粮食就饱了。如果把千里马当普通马去喂养,千里马就会挨饿。它吃都吃不饱,怎么能日行千里呢?这就叫"食不饱,力不足,才美不外见[①]"。

　　现在那些养马的人啊,不知道千里马就在他的马厩里。他既不懂千里马心里在想什么,又没有喂给它充足的食物,还拿着马鞭煞有介事地对它说:"天下没有千里马!"哎哟,真是让人着急啊!难道天底下真的没有千里马吗?其实是天底下没有伯乐啊!

　　文章写好后,很多人都问我:"韩愈啊,你不是在讽刺宰相吗?怎么说了半天全是在说马啊?"这还看不出来吗?我就是一匹千里马啊,而不认识千里马的人就是指那个笨宰相。

注释

① 见(xiàn):同"现",表露。

皇帝，我警告你，赶紧扔掉佛骨

韩愈在晚年经历了一次大变故。因为给唐宪宗写了一封《论佛骨表》的奏章，他被贬到偏远的广东潮州为官。"佛骨"是什么？韩愈到底说了什么话惹怒了皇帝？

陕西凤翔的法门寺里有一座宝塔，塔里供奉着一根骨头，据说是释迦牟尼佛祖留下来的一节手指骨，这就是韩愈说的"佛骨"，也叫舍利。唐宪宗晚年迷信佛法，有人对他说，要是能将佛骨迎到皇宫里来，让皇帝大臣都来参拜，就能够求得风调雨顺。唐宪宗

特地派了三十人的队伍到法门寺把佛骨接到长安。许多人千方百计想得到观看佛骨的机会。有钱的人就到佛骨前捐些香火钱；没钱的人就用香火在头顶或手臂上烫几个香疤，表示对佛骨的尊敬和崇拜。

可韩愈跟别人不一样，他向来是不信佛的，更重要的是，他对这样铺张浪费迎接佛骨的做法很不赞同。于是，他就给唐宪宗上了一封奏章反对"迎佛骨"，并在奏章里说"历史上信佛的皇帝都活不长""赶紧把佛骨关到监狱里，或者扔火里烧了算了"等话。唐宪宗一听就火了，要处死韩愈。大臣们纷纷为韩愈求情，唐宪宗最终饶韩愈不死，将他贬到偏远的潮州去了。

在去潮州的路上，韩愈依然愤愤不平，于是写了首诗表达心意。

左迁至蓝关示侄孙湘

一封朝奏九重天，夕贬潮州路八千。
欲为圣明除弊事，肯将衰朽惜残年。
云横秦岭家何在，雪拥蓝关马不前。
知汝远来应有意，好收吾骨瘴江边。

整首诗就表达了一个意思：就算我死了，也不能让皇帝迎佛骨！这就是执着的韩愈。

欢乐谷

饿！

唉，好马真难找啊！

明明是你不识货！我就是千里马呀！

七嘴八舌

韩愈嫂子：我们韩愈每天起早贪黑学习，冬天墨汁都结冰了，他就用嘴哈气，等冰融化了再写。聪明的孩子不少，可像韩愈这样又聪明又勤奋好学的孩子，打着灯笼都难找。

苏 轼：韩愈文起八代之衰。从东汉一直到隋代，共有八个朝代，在六百四十多年的时间里，所有的文章都赶不上韩愈的。

张 籍：《早春呈水部张十八员外》让我一夜之间红遍长安城，人们都纷纷议论："张十八是谁啊？"说不定我的名字还能流传千古呢。交朋友就得找韩愈这样有文采的，随便给你写张便条都价值连城啊。

来听故事吧

柳宗元

孤独寂寞的抑郁症患者

773 年—819 年，字子厚

称　号：柳河东、柳柳州
　　　　唐宋八大家之一
籍　贯：河东郡（今山西省运城永济一带）
代表作：《江雪》
　　　　《黔之驴》
　　　　《小石潭记》

牛人时间轴

柳宗元这辈子

773年 0岁

柳宗元出生于京城长安。祖上世代为官，伯曾祖父当过宰相，曾祖父和祖父都当过县令，父亲当过御史。

793年 21岁

柳宗元和刘禹锡一同考中进士。在接下来的十年里，柳宗元一直在基层任职，了解百姓生活的实际状况，也对朝廷中存在的问题有了更加直观的感受。

805年 33岁

唐顺宗命令王叔文、王伾等人改革朝政，史称"永贞革新[1]"，柳宗元也加入其中。然而，改革很快失败，柳宗元被贬为永州司马[2]。永州地处偏远，环境恶劣，柳宗元去上任时竟连官署也没有，只得住在庙里。遭遇如此困境，柳宗元写下了《小石潭记》《捕蛇者说》等名篇。

牛人时间轴

**815年
43岁**

柳宗元被任命为柳州刺史。同时，刘禹锡被贬为播州刺史。播州是一个极其偏远的小城，刘禹锡为照顾家人，准备将年事已高的老母亲一起带往播州。柳宗元心想，去往播州的道路太过遥远艰险，路上恐怕出现意外。于是上书皇帝，请求自己去遥远的播州，而让刘禹锡去相对较好的柳州。皇帝最终将刘禹锡贬到连州，仍令柳宗元去柳州任职。

**817年
45岁**

柳州有一种陋习，就是将人作为抵押去借钱，如果过期没还钱，作为抵押的人就变成了债主的奴隶，永远都不能回家。柳宗元规定，奴隶可以给债主干活，债主付给奴隶工钱。等工钱抵消了欠款，奴隶就可以恢复自由，和家人团聚。除此之外，柳宗元还在当地兴办学堂，开凿水井，做了很多好事。③

819年
47岁

柳宗元在柳州因病去世。好朋友裴行立护送柳宗元的灵柩与家人回到长安。

注释

① 永贞革新：唐顺宗永贞年间官僚士大夫以打击宦官势力、革除政治积弊为主要目的的改革。

② 司马：古代组织军训、执行军法的官员。

③ 这些事大概发生在柳宗元44岁以后，但具体的时间并不明确，这里只是笔者的大致推测，仅供参考。

好孤独啊，谁能理解我

主持人：大家好，欢迎来到《超级访谈》。今天来做客的嘉宾是唐代著名诗人、散文家柳宗元。

柳宗元：主持人好！大家好！

主持人：您刚到永州不久，对新环境还满意吗？

柳宗元：满意？我非常不满意！永州这里真是太恐怖了，山里有好多毒蛇，动不动就咬死人。刚来的时候，我水土不服，怪病缠身，时而肚子大得像皮球，时而膝盖颤抖不停。光这些也就算了，永州的各级官员也都欺负我，连一间住的房子也不给我，到现在我还住在破庙里呢！

主持人：您别着急，这些问题应该都能解决的。

超级访谈

柳宗元： 解决？没法解决！我看出来了，在这里没有人能理解我，就让我一个人孤独地待着吧，就像我下面这首诗里说的一样。

江雪

千山鸟飞绝①，万径②人踪③灭。
孤④舟蓑笠⑤翁，独⑥钓寒江雪。

主持人： 千座高山，却没有一只鸟飞过；万条道路，却没有一个人影。只有那白茫茫的江面上漂浮着一艘小船，船上有一位老翁，头戴斗笠，身穿蓑衣，正坐在船边钓鱼。这是一幅多么清寒寂寞的画面啊，这位钓鱼的老翁其实指的就是您自己吧？

柳宗元： 终于有人能理解我了，这样我就知足了。

主持人： 在这样的环境中生活实在是太痛苦了，希望您早日回到京城去。好了，今天的《超级访谈》就到这里，我们下期再见！

注释

① 绝：无，没有。

② 万径：虚指，指千万条路。

③ 人踪：人的脚印。

④ 孤：孤零零。

⑤ 蓑笠（suōlì）：蓑衣和斗笠。古代用来防雨的衣服和帽子。

⑥ 独：独自。

特别推荐

一头驴而已，根本没什么可怕的

想当年我来到永州，绝大多数时间都是一个人待着，身边也没什么朋友。虽然十分孤独，但也没有人打扰，我能够安静地思考问题、写写文章。然而身边的官员每天都监视着我，所以很多话我不能直说，只好用寓言表达。其中有一篇《黔之驴》很有意思，推荐给大家。

> 黔无驴，有好事者①船载以入②。至③则④无可用，放之⑤山下。虎见之，庞然大物⑥也，以为⑦神，蔽⑧林间窥⑨之。稍⑩出近⑪之，慭慭然⑫，莫相知⑬。

黔中道⑭这个地方没有驴，有人用船运来了一头，到了地方才发现驴根本没用，所以把它给放了。老虎看见这头驴，觉得它是个庞然大物，以为是天神，所以躲在林子里偷看。老虎看了半天，小心翼翼地走出林子靠近它，也没弄明白它到底是什么东西。

> 他日⑮，驴一鸣，虎大骇⑯，远遁⑰；以为⑱且⑲噬⑳已也，甚㉑恐㉒。然㉓往来视㉔之，觉无异能㉕

特别推荐

者㉖；益㉗习㉘其声，又近出前后，终㉙不敢搏㉚。稍近，益㉛狎㉜，荡倚冲冒㉝。驴不胜怒㉞，蹄㉟之。虎因㊱喜，计之㊲曰："技止此耳㊳！"因跳踉㊴大㘎㊵，断其喉，尽㊶其肉，乃㊷去。

有一天，驴突然叫了一声，老虎被吓得屁滚尿流，撒腿就跑，还以为驴要把自己吃了呢。可是老虎来来回回仔细观察，也没发现这驴有什么特别厉害的本领。老虎渐渐地熟悉了驴的叫声，又前前后后地靠近它，但始

终还是不敢和驴搏斗。有一次，老虎终于放大了胆子，上前碰撞驴。驴终于发怒了，抬起蹄子踢了老虎一下。老虎一看，心想："驴的本领也不过如此嘛！"于是跳起来大吼一声，咬断驴的喉咙，饱餐一顿后才离开。

> 噫㊸！形之庞也类㊹有德，声之宏也类有能。向不出其技，虎虽㊺猛，疑畏㊻，卒㊼不敢取。今若㊽是㊾焉，悲夫㊿！

唉！体型庞大的人好像有德行，声音洪亮的人好像有能力。如果老虎当时没有看出驴的真实本领，估计它再怎么凶猛，也会因为怀疑和畏惧而不敢杀驴。驴落得如今这个下场，可悲啊！

大家看出我这篇寓言的含义了吗？其实朝廷里很多身居高位的官员就好像这头驴，他们看起来挺厉害，但没有什么真本事。只要我们像老虎一样勇敢地和他们搏斗，就一定能打败他们！㉛

注释

① 好事者：爱多事的人。

② 船载以入：用船载运（驴）进入黔地。以，连词，相当于"而"，不译。

③ 至：到。

④ 则：表转折，却。

⑤ 之：代词，指驴。

⑥ 庞然大物：（虎觉得驴是）巨大的动物。庞然，巨大的样子。

⑦ 以为：把……当作。

⑧ 蔽：躲避。

⑨ 窥：偷看。

⑩ 稍：渐渐地。

⑪ 近：接近，靠近。

⑫ 慭慭（yìnyìn）然：小心谨慎的样子。

⑬ 莫相知：不知道它是什么东西。

⑭ 黔中道：唐朝西南部的一个行政区。

⑮ 他日：有一天。

⑯ 大骇：非常害怕。

⑰ 远遁：逃到远处。遁，跑，逃跑。

⑱ 以为：认为。

⑲ 且：将要。

⑳ 噬：咬。

㉑ 甚：十分，非常。

㉒ 恐：害怕。

㉓ 然：然而。

㉔ 视：观察。

㉕ 觉无异能：（虎）觉得（驴）没有什么特别的本领。异，特别的。能，本领。

㉖ 者：表示揣度的语气。

㉗ 益：逐渐。

㉘ 习：熟悉。

㉙ 终：始终。

㉚ 搏：搏斗。

㉛ 益：更加。

㉜ 狎（xiá）：态度亲近而不庄重，随便。

㉝ 荡倚冲冒：形容虎对驴轻侮戏弄的样子。荡，碰撞。倚，靠近。冲，冲击。冒，冒犯。

㉞ 不胜（shēng）怒：非常愤怒。

㉟ 蹄：名词作动词，用蹄子踢。

㊱ 因：于是，就。

㊲ 计之：盘算这件事。计，盘算。

㊳ 技止此耳：（驴的）本领只不过这样罢了。技，本领。止，同"只"，只不过，仅仅。耳，罢了。

㊴ 跳踉（tiàoliáng）：跳跃。

㊵ 㘎（hǎn）：吼叫。

㊶ 尽：（吃）完。

㊷ 乃：才。

㊸ 噫：唉。

㊹ 类：好像。

㊺ 虽：即使。

㊻ 疑畏：怀疑和畏惧。

㊼ 卒：最终，终究。

㊽ 若：像。

㊾ 是：这。

㊿ 夫：表示感叹。

㉑ 还有一种说法认为，柳宗元拿这头驴比作自己，因为逞强好胜，太过张扬，结果把自己给害了。

文苑杂谈

吃水不忘挖井人

元和十四年（819年），柳宗元在柳州病逝。他在柳州度过了人生中最后的四年。作为一个地方官，他鞠躬尽瘁，为柳州老百姓办了许多好事，其中一件就是挖井。

传说柳宗元到柳州以前，柳州找不到一口水井，千户人家，万余人口，都要背着一个口小肚大的罂瓶①，极其艰难地沿着狭窄的崖路到柳江边汲水。如果天旱水浅，到江边的距离就更远了。到了雨季，路险泥滑，汲水更加

危险，稍有不慎，汲水的人就会从陡坡上翻滚下去，轻者跌断手足，重者还会丧命。

柳宗元到柳州后，决定凿井供居民饮用。他命令部下蒋晏率领数十名军士，在城北的护城沟内开凿第一口水井。经过紧张的施工，军士们一直凿到66尺深才打出井水来。这时，柳州城里的百姓都扶老携幼跑来观看这一奇迹。这些百姓中有的活到七八十岁都还没见过井。当他们喝到清冽的井水时，都不禁高兴得欢呼雀跃起来。

柳宗元凿井之前，也曾有人试挖，但最终都崩塌了，说是伤了"龙脉"，破坏"风水"，因此都不敢继续开凿。柳宗元不信邪，投入大量人力物力，终于凿井成功，做了一件流传千古的好事。

注释

① 罂瓶：古代的一种瓶子，主要用来取水存水，也可以存放粮食。

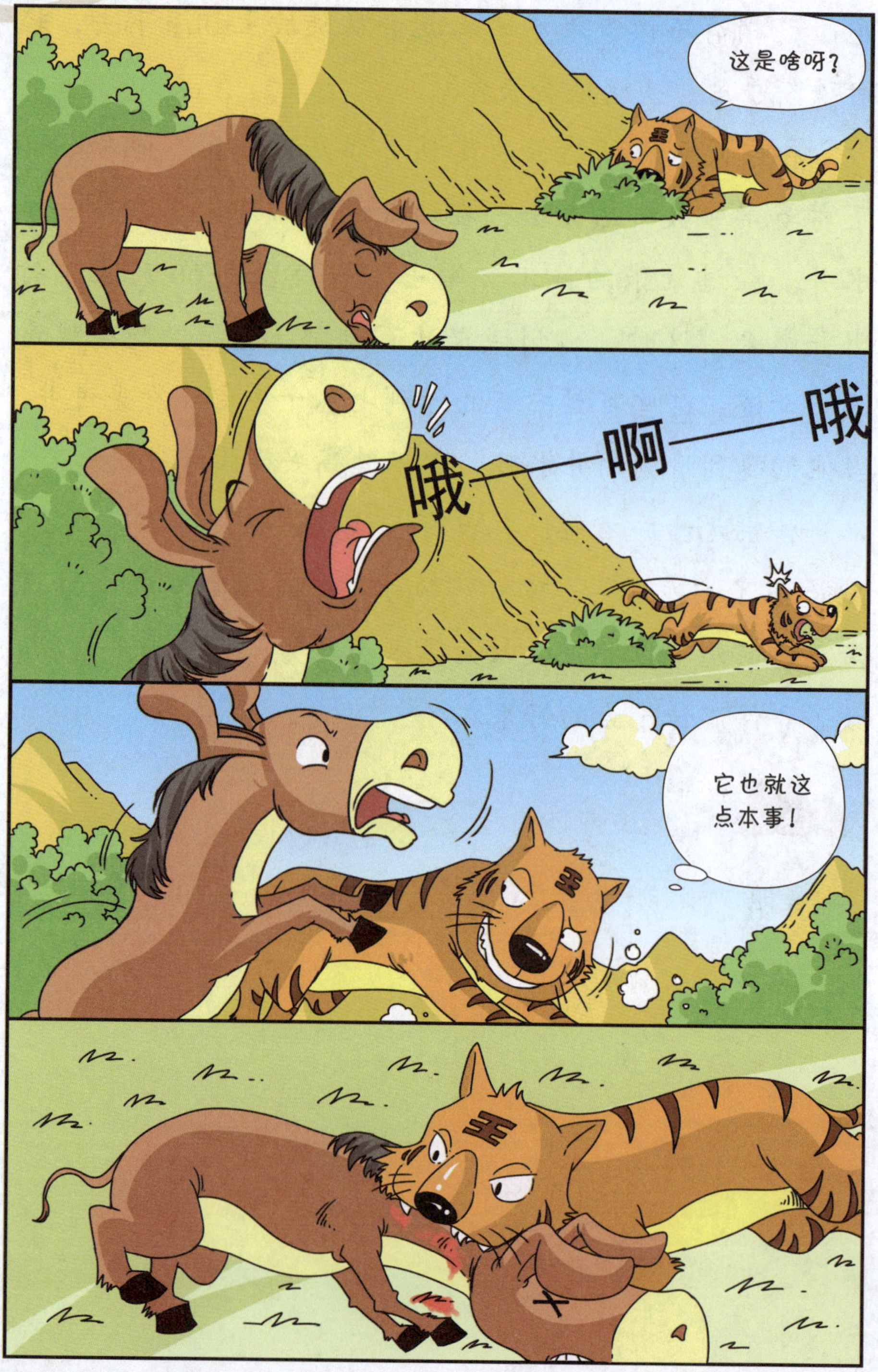
这是啥呀？
哦——啊——哦
它也就这点本事！

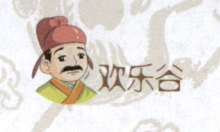

七嘴八舌

刘禹锡：子厚啊,你对我太好了。如果不是你给皇帝上书,恐怕我真要去那偏远的播州了。

韩愈：柳宗元这个人聪明能干,从小就没有他不知道的事,就没有他不明白的道理。我们俩打算搞一个"韩柳"组合,一起吟诗、作对、写文章。

柳州奴隶：太谢谢柳刺史了,如果没有他,我这一辈子都是奴隶了。现在,我给债主打工,还了钱就可以回家啦!

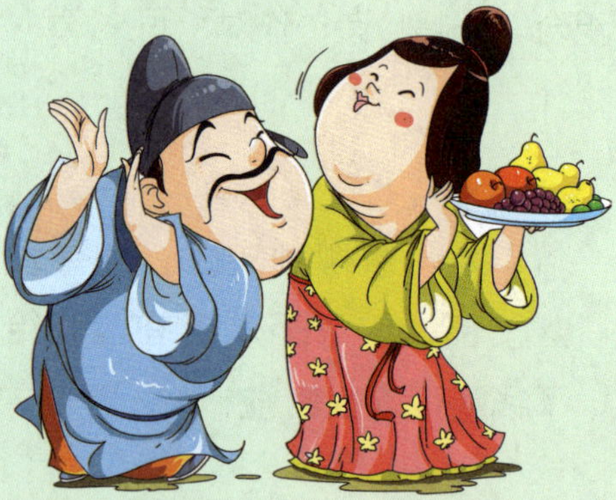

刘禹锡

我这人就是心态好

772年—842年，字梦得

称　号：诗豪，刘宾客[①]
籍　贯：河南洛阳
代表作：《乌衣巷》
　　　　《秋词》
　　　　《石头城》
　　　　《陋室铭》

注释

① 刘宾客：刘禹锡晚年曾任太子宾客，主要工作为调遣侍从和规劝太子，所以世称"刘宾客"。

牛人时间轴

刘禹锡这辈子

772年
0岁

唐代有个人叫刘绪，他的妻子在怀孕时做了一个梦，梦到大禹送给自己一个孩子。后来孩子出生，刘绪便给他起名为刘禹锡①，字梦得。

793年
22岁

刘禹锡和一个特别有名的诗人同时考中了进士，后来两个人成了非常要好的朋友，这个诗人就是柳宗元。

805年
34岁

当时，朝廷中某些官员权力太大，唐顺宗命令王叔文、王伾发起改革，收回权力，整顿朝政。刘禹锡和柳宗元也参与其中。面对改革，手握大权的官员们自然极力反对，他们甚至将唐顺宗幽禁起来，将参加改革的刘禹锡、柳宗元等八人贬到偏远的地方担任司马。因此，改革仅持续了一百多天便以失败告终。历史上也将这件事称为"二王八司

805年
34岁

马事件"。刘禹锡被贬为朗州司马。

814年
43岁

　　十年过去了，朝廷里有些大臣想起刘禹锡来，觉得他毕竟还算是个有才干的人，放在边远地区太可惜了，于是奏请皇帝，将刘禹锡调回长安任职。

816年
45岁

　　长安城中有一座道观，名叫玄都观，观内有桃树千株，每到春天桃花开放，游人便争相到观中赏花。这一年，刘禹锡也来赏桃花，并且作诗一首："紫陌红尘拂面来，无人不道看花回。玄都观里桃千树，尽是刘郎去后栽。"然而有的大臣竟然说刘禹锡借桃树讽刺朝中权贵，于是又奏请皇帝，将刘禹锡贬为连州②刺史。

824年
53岁

　　刘禹锡被调任为和州③刺史，遭到当地县令的刁难。他一怒之下，写出了千古名篇《陋室铭》。

牛人时间轴

836年
65岁

刘禹锡任太子宾客。这基本是个闲职,没有太多要操心的事儿。刘禹锡也自得其乐,整天和白居易等一群诗人朋友聚会写诗。

842年
71岁

71岁高龄的刘禹锡病死在洛阳的家中,死后被朝廷追赠为户部尚书④。

注释

① 禹锡:"锡"在古代通赐,"禹锡"意思就是大禹所赐。
② 连州:在今广东省。
③ 和州:在今安徽和县。
④ 户部尚书:六部中户部的最高级长官,相当于今天的财政部部长。

这里太冷清，燕子都飞走了

主持人： 朋友们，本期做客《超级访谈》的特约嘉宾是诗豪刘禹锡。

刘禹锡： 大家好，我刚从乌衣巷旅游回来，一下马车就赶到这里，差点儿迟到。

主持人： 呦，您去乌衣巷了？那可是南京很著名的一条巷子呢！

刘禹锡： 乌衣巷确实有名，但它早已不是当年繁华的样子了。乌衣巷是晋代王谢两家豪门大族的住宅区，两族子弟都喜欢穿乌衣以显身份尊贵，所以这条巷子就叫作乌衣巷。当年，这里门庭若市、车水马龙，热闹极了。那天夕阳西下，我来到乌衣巷，看到巷子口的朱雀桥边长满了野草，说明这里已经很少有人来了。抬头望去，废弃的房檐下连个燕子窝都没有，很多燕子反而飞进了平常百姓的家

刘禹锡：中。临走前，我感慨万千，就写下了下面这首诗。

乌衣巷

朱雀桥[①]边野草花，乌衣巷口夕阳斜。
旧时王谢[②]堂前燕，飞入寻常[③]百姓家。

主持人：这么看来，荣华富贵还真是过眼云烟啊！

刘禹锡：可不是嘛，所以我们不能因为以前的繁华而沾沾自喜。现在国运衰弱，我们每个人都应该为振兴大唐做出贡献。

主持人：难得您在旅游的时候还能想着国家大事。好了，今天的《超级访谈》到这里就结束了，我们下期再见！

注释

① 朱雀桥：六朝时金陵正南朱雀门外横跨秦淮河的大桥，在今江苏省南京市江宁区。

② 王谢：王家和谢家是两个世家大族，家族拥有众多具有才华的人，他们凭借自己的聪明才智，实现了建功立业的理想。其中王导、谢安都曾是晋朝的宰相，他们使家族的地位和声望达到了顶峰。

③ 寻常：平常。

特别推荐

自古多悲秋？
不，我就觉得秋天好

很多唐朝的诗人都有外号，比如李白叫诗仙，杜甫叫诗圣，知道我叫什么吗？我的外号叫诗豪！因为我是这些诗人里最豪迈豁达的一个。

当年永贞革新失败，我被贬到朗州。那时正是秋天，草木枯黄，这要是换了别人，肯定又要悲叹人生了。而我正好相反，写下一首《秋词》，让你们看看什么叫豪迈豁达。

特别推荐

秋词

自古逢秋悲寂寥①，我言秋日胜春朝②。
晴空一鹤排③云上，便引诗情④到碧霄⑤。

　　自古以来，大家都说秋天悲凉，我怎么就觉得秋天的美景比春天好多了呢？再看那儿有一只仙鹤直冲云霄，它推开一层一层的白云，把我的诗兴都激发出来了，这诗兴正随着仙鹤飞向万里晴空呢！

　　你们都应该向我学习，人生在世，总会遇到点儿困难挫折，这很正常嘛。不能一遇到困难就灰心丧气、无精打采。大家都应该看开一些，这样才有精神迎接更多的挑战。一定要相信，阳光总在风雨后。

注释

① 悲寂寥：悲叹萧条。
② 春朝：春天。朝有早晨的意思，这里指的是刚开始。
③ 排：推开。
④ 诗情：作诗的兴致。
⑤ 碧霄：青天。

刘禹锡二进玄都观

玄都观是唐朝长安城郊外的一座道观。这座看似不起眼的道观，大诗人刘禹锡曾两次专程前来游览，还为它写过两首有名的诗呢！那么，这小小的玄都观到底有什么特别之处呢？刘禹锡和它之间又发生了什么故事呢？

815年，王叔文变法失败，曾参与变法的刘禹锡被贬到湖南做朗州司马，十年后的春天才回到长安。一天，他去玄都观观赏桃花，随后吟出了一首《玄都观桃花》："紫陌红尘拂面来，无人不道看花回。玄都观里桃千树，尽是刘郎去后栽。"短短四句诗看似简单，其实饱含了诗人的怨愤。最后两句表面是写他离开长安的十年里，玄都观中新栽了许多桃树，实际上是讽刺朝廷里那些政治"暴发户"，他们都是在刘禹锡离开长安之后才进入朝廷的，现在却成了高高在上的达官贵人。讽刺的诗句流传开来，自然激怒了这些朝廷新贵。因为这首诗，刘禹锡又被贬到更远的广东做连州刺史，一去就是十四年。

诗人再次回到长安时，已是一位白发老翁了。想起多年前的情景，他感触很多，心情复杂，又写下了《再游玄都观》："百亩庭中半是苔，桃花净尽菜花开。种桃

文苑杂谈

道士归何处，前度刘郎今又来。"几十年的岁月，改变的不仅是玄都观的景色，还有官场上恩恩怨怨的人们。这首诗不仅抒发了诗人的感慨，还在结尾处带着一丝"狡猾"的得意。怎么样？这个写诗的老翁是不是有一些可爱呢？

欢乐谷

紫陌红尘拂面来，无人不道看花回。玄都观里桃千树，尽是刘郎去后栽。

玄都观

那个写诗讽刺您的家伙呢？

玄都观

他早被我赶到鸟不生蛋的地方去了！

十四年了，我刘禹锡又回来了！那个举报我的人早就入土了，哈哈哈……

玄都观

七嘴八舌

白居易：你这辈子大多数时间都在贬官中度过，却还能那么乐观自信，真让我佩服啊！

柳宗元：皇恩若许归田去，晚岁当为邻舍翁。梦得啊，皇帝如果允许我退休，我一定住在你家旁边，和你当邻居。

某大臣：哈哈，让你没事儿瞎作诗，被我举报了吧？看你还敢不敢写诗讽刺我。

来听故事吧

白居易

读书白了少年头

772年—846年，字乐天，号香山居士，又号醉吟先生

称　号：诗魔、诗王
籍　贯：山西太原
代表作：《卖炭翁》
　　　　《忆江南》
　　　　《长恨歌》
　　　　《琵琶行》

牛人时间轴

白居易这辈子

772年
0岁

　　白居易家境还不错，祖父和父亲都是县令一级的小官。但是年岁不太平，白居易出生时正好赶上藩镇混战。

787年
16岁

　　白居易第一次来到长安，拜访当时的大文豪顾况，却被狠狠地鄙视了一番。然而，当他拿出《赋得古原草送别》时，顾大文豪就被彻底征服了。

791年
20岁

　　白居易励志考进士，于是刻苦读书，读得口舌生疮，头发全白，手上长满了茧子。①

800年
29岁

　　白居易如愿考中进士，高高兴兴到长安走马上任。

811年
40岁

　　白居易的母亲在赏花时坠井身亡，按照规定，白居易解职，回乡丁忧②。

牛人时间轴

814年 43岁
丁忧结束，白居易重回朝廷却再没受到重用，只是当了太子左赞善大夫，其实就是一个陪太子读书的闲职，不允许议论朝政。

815年 44岁
宰相武元衡被刺杀，白居易立刻建议皇帝严缉凶手，其他官员却认为他多管闲事，建议皇帝将白居易贬为江州司马。就在任江州司马期间，白居易写下了著名的《琵琶行》。

822年 51岁
白居易当了杭州刺史，造福杭州百姓。他修了六口古井，解决了杭州人民的饮水问题，还解决了农田干旱问题，并且临走前在州库留下一笔基金。正是因为这段经历，白居易才写下了《忆江南》。

846年 75岁
白居易在洛阳去世，唐宣宗李忱写了一首诗来悼念他，诗中说："文章已满行人耳，一度思卿一怆然。"

牛人时间轴

注释

① 白居易在写给元稹的《与元九书》中说："二十已来，昼课赋，夜课书，间又课诗，不遑寝息矣。以至于口舌成疮，手肘成胝。"所以笔者推测白居易口舌生疮、手肘长茧是在二十岁以后，这里暂且记为791年。

② 丁忧：朝廷官员的父母亲如若去世，无论此人任何官职，从得知丧事的那一天起，必须回到祖籍守孝三年。

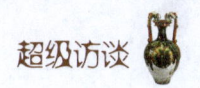

都是宦官惹的祸

主持人： 欢迎大家收看本期《超级访谈》。我们这期节目来关注一下宦官横行、欺压百姓的问题。让我们有请特约评论嘉宾白居易先生。

白居易： 主持人好。现在有很多宦官仗势欺人，还记得我写的《卖炭翁》吗？我就以这个卖炭的老翁为例给大家讲讲吧。

卖炭翁

卖炭翁，伐薪烧炭南山中。
满面尘灰烟火色①，两鬓苍苍②十指黑。
卖炭得钱何所营③？身上衣裳口中食。
可怜身上衣正单，心忧炭贱愿天寒。
夜来城外一尺雪，晓驾炭车辗冰辙。
牛困人饥日已高，市南门外泥中歇。

这个老大爷就靠烧炭、卖炭为生，灰头土脸，两鬓花白，十指乌黑。辛辛苦苦挣来的钱，只够穿衣吃饭。天多冷啊，可老大爷只穿着单衣挨冻，却还盼着天再冷点儿。不是老人家糊涂

185

超级访谈

白居易：了，而是实在买不起厚衣裳，天再冷些才能卖出更多的炭，多挣点儿钱。昨天晚上下了厚厚的雪，老大爷一早儿就赶着牛车来卖炭。到了中午，人和牛又累又饿，却只能在集市南门外的泥地里歇息，真是太辛酸了。这时突然来了两个人。

主持人：来买炭的？

白居易：说是来买炭的，不如说是来抢炭的。

翩翩两骑④来是谁？黄衣使者白衫儿⑤。
手把文书口称敕⑥，回车叱⑦牛牵向北。
一车炭，千余斤⑧，宫使驱⑨将惜不得⑩。
半匹红绡⑪一丈绫⑫，系⑬向牛头充炭直⑭。

宦官和他的随从骑着高头大马，打着皇帝的旗号，推走了老大爷的牛车。一车炭就这样被抢走了，老大爷肯定舍不得啊，因为他得到的报酬仅仅只有挂在牛头上的半匹红纱和一丈白绫。

主持人：老大爷太可怜了，宦官太可恨了，不过还好您用诗反映了他们悲惨的生活。

只反映没有用，大家都应该谴责仗势欺人的宦官，让他们得到应有的惩罚。

白居易

是的。感谢白居易先生，今天的《超级访谈》就到这里，我们下期再见！

主持人

注释

① 烟火色：脸被烟熏过，呈灰土色。
② 苍苍：苍白，这里形容头发花白。
③ 何所营：做什么用。
④ 骑：骑马的人。
⑤ 黄衣使者白衫儿：黄衣使者，指宫里的太监。白衫儿，指太监手下的随从。
⑥ 敕：皇帝的命令或诏书。
⑦ 叱：呵斥，吆喝。
⑧ 千余斤：虚指，形容很多。
⑨ 驱：赶着走。
⑩ 惜不得：舍不得。
⑪ 红绡：红纱。
⑫ 绫：绢帛等丝织品。
⑬ 系：挂。
⑭ 直：通"值"，指价值。

特别推荐

江南好，啥时候回去转转

我曾在杭州待过两年，接着又担任了一年左右的苏州刺史①。后来我生病了，没办法继续工作，就回到了洛阳。可是江南太美了，之后的十多年，对于江南的美好回忆总是涌上我的心头，于是，我提笔写下了这三首《忆江南》。

其一

江南好，风景旧曾谙②。
日出江花红胜火，春来江水绿如蓝③。
能不忆江南？

其二

江南忆，最忆是杭州。
山寺④月中寻桂子⑤，郡亭⑥枕上看潮头⑦。
何日更重游！

特别推荐

其三

江南忆，其次忆吴宫⑧。

吴酒一杯春竹叶⑨，吴娃⑩双舞醉芙蓉⑪。

早晚⑫复相逢！

　　江南真的太好了！那些我熟悉的美景还历历在目。太阳从江面升起，将江边的鲜花映照得比火还红；开春时的江水比蓝草更绿。那么美的江南啊，我怎么能不怀念呢？

　　我好想念江南啊！我最怀念的就是杭州。过去，我在天竺寺中一边赏月一边顺着香气寻找桂花；或是坐在城楼上，看

特别推荐

壮阔的钱塘江潮起又潮落。我什么时候能再去游玩呢?

我想念江南,想念天堂般的杭州,还想念苏州的吴宫。喝一杯吴宫的美酒春竹叶,看吴宫的美女们双双起舞,好像荷花都被美妙的舞姿迷倒了。真希望能再见到她们啊!

注释

① 刺史:负责治理地方的长官。

② 旧曾谙:曾,从前。谙,熟悉。

③ 蓝:一种叫作"蓝草"的草,叶子很绿,可以用来做绿色染料。

④ 山寺:指的是当时杭州的天竺寺。

⑤ 桂子:桂花。

⑥ 郡亭:郡,比县大一些的城市,这里指杭州城。郡亭可能是指杭州城东边的城楼。

⑦ 看潮头:观看壮观的钱塘江大潮。

⑧ 吴宫:春秋战国时代吴王夫差为美女西施建造的官殿,在今江苏苏州的灵岩山上。

⑨ 竹叶:一种名叫"竹叶"的酒。

⑩ 吴娃:吴,古时候的吴国,泛指江苏一带。娃,美女。

⑪ 醉芙蓉:芙蓉,荷花。舞女美妙的舞姿使荷花都陶醉了。

⑫ 早晚:表示"什么时候"。

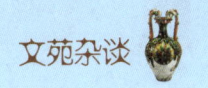

物价太高，住在长安不容易

白居易生活在唐代由盛转衰的时期，他的祖父和父亲都曾做过县令一级的地方官，祖母和母亲也都能诗善文。因此，白居易从小就受到良好的文化熏陶，再加上他的聪慧与好学，在他五六岁时就学写诗，九岁就懂得了声韵。成年后，白居易读书更加勤奋了，白天学习辞赋，晚上诵读经史，读书的间隙创作诗歌，从没有闲暇的时候。这样长期的苦读，导致他口舌都生了疮，手肘也磨出了老茧。

文苑杂谈

贞元三年，也就是787年，16岁的白居易带着自己的诗稿，开始了他的长安之旅。初入长安时正值早春，咸阳道上冰消雪融，道旁的嫩芽在春风的轻拂下破土而出。心情愉快的白居易，拿着诗稿直奔著名诗人顾况家。他终于见到了自己仰慕已久的大诗人，但顾况对眼前这位其貌不扬、初出茅庐的年轻人并不是很重视。当他看到诗稿上的署名为"白居易"时，更是调侃道："米价方贵，居亦弗易[1]！"意思就是长安的物价特别贵，你这个无名小卒想在此地立足，恐怕特别不容易啊！然而，当他读到那首《赋得古原草送别》时，却情不自禁地拍案叫绝："道得个语，居即易矣[2]。"意思就是诗写得这般精彩，你太有才了，在长安城生活相当容易啊！转眼间，顾况就对白居易刮目相看了。由于白居易过人的才华和顾况的赏识，他很快在长安出了名，而之前的那句玩笑，也成了他们之间的趣闻。没过几年，白居易就考中了进士。唐宪宗得知他的文才后，又提拔他做了翰林学士。

注释

[1] 米价方贵，居亦弗易：出自张固的《幽闲鼓吹》。
[2] 道得个语，居即易矣：出自张固的《幽闲鼓吹》。

192

马上就要见
到偶像了，
要让他看看
我的诗。
长安物价特
别高，你住
在这儿怕是
不容易啊！
您先看看我
的诗再说。
好诗好诗！
歇一歇吧，
已经累得口
舌生疮，少
年白发了。

七嘴八舌

元稹： 乐天，我在病中听说你被贬官到江州，惊得一下子坐了起来。黑夜中，看着风雨吹进窗户，我觉得分外寒冷。

苏轼： 刚开始我并不看好大白的诗作，因为太直白了，可是后来越读越喜欢。尤其是他晚年的一些作品，总是关注着百姓的疾苦。

古代日本学者： 白居易的诗对我们日本的文学真是影响巨大，在我们这里，如果谁写的汉诗被人说和白居易的风格很像，那就是大大的夸奖喽！

来听故事吧

贾 岛

写诗入迷出车祸，该当何罪

779 年—843 年，字浪仙，
号无本，自号碣石山人

称　号：诗奴
籍　贯：河北范阳（今河北省涿州市）
代表作：《题李凝幽居》
　　　　《寻隐者不遇》
　　　　《暮过山村》

牛人时间轴

贾岛这辈子

779年
0岁

贾岛出生在一个贫寒的落魄家庭，为了吃口热乎饭，他只好出家当和尚。贾岛在30岁前曾多次参加科举考试，但都以失败告终。

811年
33岁

这一年贾岛来到长安，骑着毛驴边走边想诗，不料闯进了京兆尹①韩愈的仪仗队中。冲撞仪仗队可是大罪，然而韩愈见贾岛是个爱写诗的和尚，觉得有趣，于是两个人攀谈起来，最终竟然成了好朋友。

822年
44岁

贾岛再次参加科举考试，因为在考场上心情激动，所以就写下了一首《病蝉》。在诗中，贾岛把自己比作生病的蝉，把朝廷中的高官比作要吃掉病蝉的黄雀和老鹰。这样的诗被主考官看到，贾岛能考中才怪呢。

牛人时间轴

834年
56岁

武宗皇帝到一座寺庙中微服私访，听到钟楼上有吟诗的声音，就上了楼，发现桌上放着一首诗，便拿起来读。此时贾岛正好进屋，发现一个陌生人正在看自己的诗，非常生气，于是抢过诗稿，把皇帝给轰了出去。后来，别人告诉他那是当朝皇帝，贾岛后悔得直想跳楼。

843年
65岁

到了老年，贾岛被封为长江县尉，后来又去普州当了个管理仓库的小官，最终孤苦伶仃地死在了普州。

注释

① 京兆尹：唐朝的首都是长安，京兆尹相当于市长。

197

李凝住了个好地方

主持人：观众朋友们大家好，今天来到《超级访谈》的嘉宾是唐代著名出家诗人贾岛！

贾岛：阿弥陀佛。我这人没什么别的本事，就是爱写诗，爱钻研诗，所以我写诗特别慢。"二句三年得，一吟双泪流。"三年能写出两句诗来，我就能激动哭了。

主持人：难怪啊，每个字您都要思考很长时间吧？

贾岛：是的，最典型的就是《题李凝幽居》了。那天，我想去长安城外找好朋友李凝谈谈心。我骑着小毛驴儿，晃晃悠悠，到他家时天都黑了。更郁闷的是李凝居然不在家。我想也不能白来一趟啊，在周边随便逛逛吧。我发现他住的地方非常幽静，很少有邻居来往，杂草丛生的小路通向荒芜的小院。抬头一看，小鸟在树上睡着了，皎洁的月光下，只有

超级访谈

贾岛： 我这个和尚正在"当当当"地敲着门。走过桥去，我眼前一亮，原野的景色这么迷人啊！大家都说石头是云的根，所以云彩一飘，感觉石头也在跟着移动。已经深夜了，我得走了，但我还会再来的，我和李凝相约见面，总不能食言嘛。回到家，我就写了下面这首诗。

题李凝幽居

闲居少邻并①，草径入荒园。

鸟宿池边树，僧敲月下门。

过桥分②野色，移石动云根③。

暂去④还来此，幽期⑤不负言⑥。

主持人： 从这幽静的环境就能看出，您的朋友李凝是位隐士吧？

贾岛： 没错，我也喜欢这样的环境，也想像他一样当个隐士。

主持人： 远离喧嚣，我们的心就能变得更加纯净，这应该是所有隐士共同的想法吧。好了，今天的《超级访谈》就到这里，感谢贾岛先生，我们下期再见！

超级访谈

注释

① 邻并：邻居。

② 分：划分，区分。指诗人过桥后，田野的景色变得不一样了。

③ 云根：古人认为云生在山石上，石头就是云的根。

④ 去：离开。

⑤ 幽期：幽雅的约会。

⑥ 负言：食言，不履行诺言。

儿行千里母担忧

大家好，我是贾岛。有首歌是这么唱的："世上只有妈妈好，有妈的孩子像个宝。"我的前辈孟郊的母亲就相当伟大。孟郊的父亲早早就撒手人寰了，是母亲一手把他拉扯大的。所以，他非常有孝心，在外地求学做官的时候，也仍然惦记着那个白发苍苍的老母亲，所以他发自肺腑地写了下面这首诗。

> 游子吟
>
> 慈母手中线，游子①身上衣。
> 临②行密密缝，意恐③迟迟归④。
> 谁言寸草⑤心，报得三春晖⑥。

特别推荐

　　妈妈，儿子要去远方当官了，在走之前，慈祥的您用颤抖的手握着针线，亲自为我缝制一件衣裳。您时不时地揉揉那红肿的眼睛，我几次都想让您去屋里休息一下，但又不想打断您。我知道您为什么缝得那么细密，就是怕我回来得晚，衣服可能就穿破了，所以您要缝得更结实一点儿。您给予的母爱就像春天普照大地的阳光，而孩子就好像小草。小草怎么能够报答阳光的恩情呢？

　　好感人啊，说得我自己都快哭了。借着这首《游子吟》，我祝愿天下所有的母亲幸福安康，所有的儿女永念孝道。

注释

① 游子：出门远游的人。

② 临：将要。

③ 意恐：担心、恐怕。

④ 归：回家。

⑤ 寸草：一种名为"萱草"的植物，在古代用来表示儿女对母亲的感情。

⑥ 三春晖：指母亲对儿女温暖的爱。三春，春季的三个月。晖，阳光。

"推"还是"敲"

说起"推敲",那可是唐代大诗人贾岛的发明。贾岛写诗非常痴迷,就连骑着毛驴赶路的时候也不忘构思诗句。

一天,贾岛在回长安的路上边骑驴边吟诗:"鸟宿池边树,僧推月下门;鸟宿池边树,僧敲月下门。""推"和"敲"哪个字更好呢?他一时拿不定主意,就在驴背上做出推、敲的动作,街上的人看着这个书生在驴背上一会儿推、一会儿敲,都纷纷议论

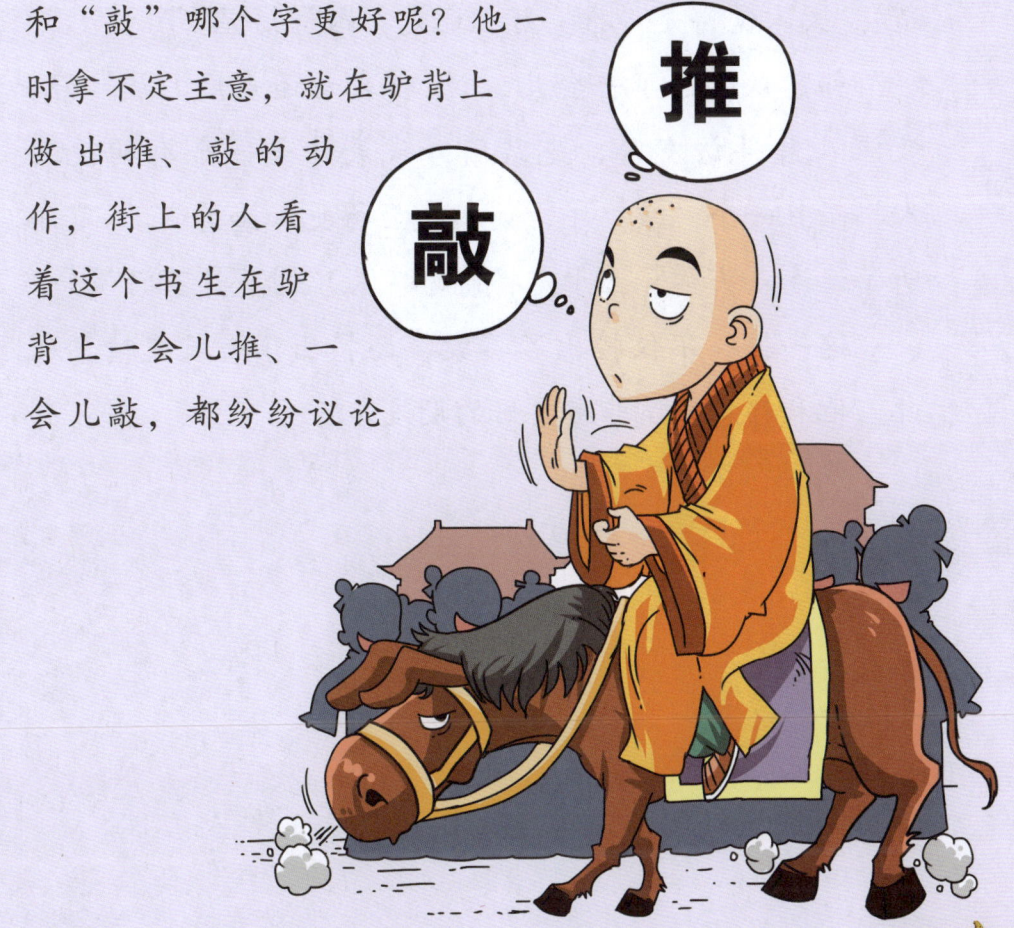

道:"这小子是不是中邪了?"

这时传来一阵锣鼓声,原来是市长大人韩愈的车马队伍过来了。百姓纷纷回避让路,只有贾岛和他的毛驴还低着头往前走,眼看就要和韩愈的马车撞上了。侍卫们立即上前呵斥贾岛:"哪来的和尚?耳朵聋了?"

贾岛慌忙解释道:"大人,实在抱歉,学生正在作诗,一时出神,没来得及回避。"韩愈说:"你也爱作诗?念来听听。"贾岛就把那句诗念给韩愈听,然后问道:"大人觉得是'推'好,还是'敲'好呢?"

韩愈认真想了一会儿,说:"我看还是用'敲'好,夜深人静拜访友人,先敲门,代表你是一个有礼貌的人!而且一个'敲'字,使夜晚显得更加幽静啊。"贾岛听了连连点头称赞,于是将诗句定为"僧敲月下门"。

这一撞,不仅撞出了答案,还撞出了一段友情。从此,他和韩愈成了非常要好的朋友。

欢乐谷

谁在念诗?

有点儿意思。

你怎么会懂诗?看了也白看!

看你诗的是当朝天子。

七嘴八舌

李凝： 我本来没啥名气，就因为你的那首诗后人都认识了我，心里觉得美滋滋的。不过下次你来之前要先打个招呼啊，我可不能再让你白跑一趟了。

韩愈： 你梦寐以求能进入官场，施展才华抱负。可皇上来了你都不认识，还把人家轰出去了！唉，让我说你什么好呀！

交警： 才华诚可贵，生命价更高啊！在现代社会，交通如此发达，请公民朋友们千万不要效仿贾岛，走路时一定要眼观八方！

来听故事吧

晚唐诗坛

在初唐和盛唐时期，唐朝国力比较强盛，藩镇都比较老实。自从安禄山和史思明作乱后，藩镇想要把自己的势力做大，越来越不服从中央的管理，总是做一些让朝廷头疼的事，这些事有大有小，但是都没有从根本上危及中央的统治，没有哪个藩镇能将朝廷推翻。不过，藩镇割据的问题一直存在，朝廷也整天为这个事儿心力交瘁。

在晚唐，这个问题愈演愈烈，已经到了中央政府控制不了的地步，藩镇节度使掌握地方政权与大部分兵权，根本不受唐王朝的统治。所以晚唐时朝廷主要以平息叛乱为主，并没有时间顾及经济文化等方面的发展。另外，宦官权力越来越大，连唐宪宗都被宦官所杀，皇帝死后宦官还可以随便另立一位新主。"牛李党争"也越发激烈，再加上末代的几个皇帝昏庸无能（有的皇帝本身性格就有缺陷；有的只想长生不老，天天服用丹药），朝廷上下一蹶不振，大唐加速走向灭亡。最后，农民起义大爆发，藩镇之间混战，国家四分五裂。907 年，节度使朱温灭唐，建立梁朝，中国历史上最辉煌的大唐王朝就此结束。

由于经济和文化一直在走下坡路，晚唐也没有出现特别了不起的大诗人，仅仅留下了两颗孤孤单单的小星星——李商隐和杜牧。李商隐和杜牧将李白和杜甫当作自己的榜样，关心国家命运，写一些反映老百姓生活疾苦的诗。而且这两个人恰好也是一个姓李一个姓杜，所以人们称他们为"小李杜"。"小李杜"的人生经历很相似，都是满怀壮志想要为祖国尽一份心、出一份力，但由于当时的官场暗无天日，他们一直没有机会施展才能。有所不同的是，李商隐在理想破灭之后，雄心壮志也像肥皂泡一样，风一吹就消散了。他的诗作风格也开始变得低回、一唱三叹。而杜牧在报国无门的情况下，虽然也难过，但始终不放弃自己的理想，坚持研究兵书，希望有一天能披挂上阵来拯救国家。由于他既有诗人的细腻敏感，又有军人的刚毅潇洒，所以他的诗作有种独特的清新俊逸。总的来说，李商隐和杜牧是唐代诗坛最后两颗硕果。

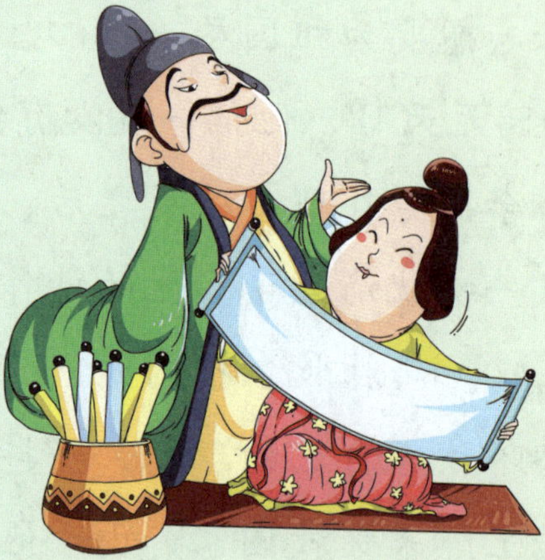

李商隐

晚唐第一"倒霉蛋"

约813年—约858年，字义山，号玉溪生，又号樊南生

称　号：与杜牧并称为"小李杜"，与温庭筠并称为"温李"

籍　贯：河南郑州

代表作：《夜雨寄北》
　　　　《乐游原》
　　　　《锦瑟》
　　　　《无题》

李商隐这辈子

813年 0岁

李商隐和唐朝皇室同姓，而且他也声称自己和皇帝是同宗。然而并没有什么历史资料证实他的说法，所以就算李商隐和皇帝沾亲，可能关系也相当遥远。

821年 9岁

当县令的父亲去世了，这对幼小的李商隐绝对是个巨大的打击，整个家庭也顿时陷入困境。在为父亲守丧期间，李商隐发奋学习，立志早日走上仕途。有一位堂叔充当李商隐的启蒙老师，教他读书识字，帮他打下了扎实的古文基础。

829年 17岁

李商隐搬到洛阳，结识了白居易等前辈，并且有幸拜当时的大文豪令狐楚为师。令狐楚非常欣赏李商隐，不仅教他写作，还给了他不少资助。唐代后期，

牛人时间轴

829年 17岁

以牛僧孺为领袖的"牛党"和以李德裕为领袖的"李党"在朝廷中争斗不断,而令狐楚属于"牛党",李商隐自然也被划入"牛党"。

837年 25岁

李商隐考中进士后,还没来得及高兴,老师令狐楚就去世了。正在此时,泾原节度使王茂元向李商隐发出邀请,李商隐便投奔王茂元当了幕僚。王茂元见李商隐一表人才,便将自己的女儿嫁给了他。表面上看李商隐的运气实在不错,其实不然,因为王茂元属于"李党"。在别人眼中,李商隐成了没有原则的两面派。

842年 30岁

李商隐任秘书省正字[①]不到一年,母亲就去世了,按照规定,李商隐回到家乡守孝三年。第二年,王茂元去世,李商隐失去了靠山,错过了升迁的好机会。

牛人时间轴

851年 39岁

李商隐去往四川，在西川节度使帐下做一名幕僚。长时间离家在外让李商隐十分想念家乡，于是他写了首《夜雨寄北》寄回长安的家。没想到回信却是妻子王氏已经病亡的消息。

858年 46岁

李商隐一辈子都处在"牛李党争"的夹缝之中，这让他很不得志，他一生中大部分的时间都郁郁寡欢。生命中的最后几年，李商隐一直闲居家中。最终，他还是没能实现自己的理想，带着无奈与病痛结束了这坎坷的一生。

注释

① **秘书省正字**：给国家重要图书修改错别字的官职，品级很低。

老婆，我想你

主持人：观众朋友们大家好，欢迎来到《超级访谈》，今天来做客的是晚唐诗人中的倒霉蛋李商隐。

李商隐：主持人好，大家好。我是真倒霉啊，这一辈子就夹在"李党"和"牛党"中间，两边都欺负我，为了寻找报效朝廷的机会，我只好常年混迹在幕府之中。连我妻子去世的时候，我都没能见她最后一面，呜呜……

主持人：男儿有泪不轻弹，只是未到伤心处。节哀吧。

李商隐：那年秋天，我自己一个人在四川。在一个下雨的晚上，我拿起笔来，想给她写封信。我说："老婆啊，你来信问我什么时候回家，其实我自己也不知道啊。巴山的夜雨下得很大，池塘中的水面都涨了起来。我对你的思念就好像这连绵不绝的秋雨呀。还记得以前咱俩在西窗前聊天的情景吗？咱俩聊了那么多，蜡烛烧短了，烛芯露出

超级访谈

李商隐： 来好多，火焰就开始晃动，于是我们就把烛芯剪短，让火苗稳定下来，然后接着聊。我多么想赶紧见到你，继续像以前一样和你聊天啊，到时候我一定告诉你，在那巴山的夜雨之中，我是多么地想念你。"

主持人： 这就是您那首著名的诗吧？

夜雨寄北

君问归期未有期，巴山①夜雨涨秋池。
何当共剪西窗烛②，却话③巴山夜雨时。

李商隐： 是啊。可是没想到，我得到的回信却是妻子去世的消息。

主持人： 真是太让人伤心了。不过，您的妻子知道您这么思念她，她在天堂也会感到幸福的。好了，今天的《超级访谈》就到这里，我们下期再见！

注释

① 巴山：在今四川省南江县以北。
② 剪西窗烛：剪烛，剪去燃焦的烛芯，使烛光明亮。这里形容深夜秉烛长谈。
③ 却话：重头谈起。

游原是苦还是乐

大家好，我是李商隐。在晚唐那些稍微有些名气的诗人里，我是最倒霉的了。还不到十岁，我的父亲就去世了。后来我好不容易当了个秘书省正字，可不到一年，老母亲又去世了。按照朝廷规定，我回家丁忧三年。谁都知道，等我结束丁忧回到朝廷，基本也就没什么升官的机会了。当时的我一方面因为母亲去世而伤心，另一方面因为前途渺茫而忧愁，于是我在傍晚登上了乐游原，写了下面这首诗。

乐游原

向晚①意不适②，驱车登古原③。
夕阳无限好，只是近④黄昏。

汉代时，汉宣帝和许皇后曾到这里游玩，他们被这里绚丽的风光所吸引，甚至都不想回皇宫去了，于是就将这里命名为"乐游原"。到了大唐，乐游原成了长安城的最高点，很多人都到乐游原登高览胜。后来，唐玄宗的姑姑太平公主还在这里添造亭阁，让风景变得更加秀丽多彩。

傍晚，我带着忧郁的心情，驾着马车登上乐游原。

特别推荐

这里的景色的确优美，在夕阳的照耀下也更加迷人。可是我却一点儿也高兴不起来，因为我知道，临近黄昏，一旦夕阳落下，这美景也将随之消失。

想想看，大唐在经历了曾经的强盛之后，现在逐渐走向了灭亡。我们的国家也像眼前的夕阳，即将消亡。我怎么能高兴得起来呢？我悲伤，为自己的命运悲伤，更为国家的命运悲伤啊！

注释

① 向晚：傍晚。
② 不适：不悦，不快。
③ 古原：指乐游原。
④ 近：快要。

文苑杂谈

令人头疼的"獭（tǎ）祭鱼"

李商隐是晚唐杰出的大诗人，但他的很多诗读起来会让人觉得特别头疼。这是为什么呢？原来李商隐很喜欢在他的诗句里运用古书中的典故，尤其喜欢用那些十分少见的典故。为了找到新奇的典故，他常常会翻很多别人不会看的书。没读过那些书的人不知道那些典故，当然也就读不懂他的诗了。

李商隐的这个爱好让喜爱他的读者们非常烦恼，于

是有一位先生给他起了一个外号，叫作"獭祭鱼"。獭就是我们今天看到的水獭，是一种水陆两栖动物，平时生活在水里，喜欢吃鱼。《礼记·月令》中说："鱼上冰，獭祭鱼。"就是说初春的时候，河里的冰开始融化，水里的鱼就跳到冰面上来。等在一边的水獭会趁机捉住这些鱼，把它们摆成一排放在面前，像是在摆放给祖先上供用的东西一样。这位先生的意思是说，李商隐写诗时，总要在面前摆上一排古书，挨个翻看。看到什么奇怪的典故就记下来，用到自己的诗里去，像一只面前摆了一排鱼的水獭一样。

挖苦归挖苦，李商隐诗里的典故虽然难懂，但还是很有意思的。比如《锦瑟》中的"沧海月明珠有泪"，用的就是《搜神记》中鲛人的典故。传说南海边上有一只人鱼，住在水里，哭泣的时候眼睛里流出的不是眼泪，而是一颗颗珍珠。李商隐说的"珠有泪"就是这个人鱼的眼泪，可不是"泪汪汪的珍珠"啊！看来，要读懂他的诗，确实要多看一些书呢！

欢乐谷

好诗，好诗啊！

你的诗写得很好啊！

白居易

李商隐

您过奖了。

希望我死后能够投胎当你的儿子。

给儿子起个名字吧！

这孩子有可能是白居易投胎转世，就叫他白老吧！

221

七嘴八舌

令狐楚：李商隐确实是个有才的孩子，当年我一眼就看中他了，便收他为徒，教他写作。他真的很聪明，一学就会。

王茂元：李商隐一表人才，我一见他就决定把女儿嫁给他。没想到啊，我的好心居然给他带来了更大的麻烦，我的错，我的错……

白居易：李商隐才华横溢，绝对是文坛的领袖人物。今后我死了，我愿意转世投胎，当他的儿子！

来听故事吧

杜 牧

家世显赫的公子哥

803年—约852年，字牧之，
号樊川居士

称　号：杜樊川
籍　贯：京兆万年（今陕西省西安市）
代表作：《清明》
　　　　《泊秦淮》
　　　　《山行》
　　　　《赤壁》

杜牧这辈子

803年 0岁

杜牧出生在长安一个世代为官的家庭里。他的远祖杜预是西晋镇南大将军，灭吴统一战争的统帅之一；曾祖父杜希望是唐玄宗时边塞名将，爱好文学；祖父杜佑是中唐著名的政治家、史学家，先后任唐德宗、唐顺宗、唐宪宗三朝宰相；父亲杜从郁官至驾部①员外郎②。可谓家世显赫。

825年 23岁

少年时期的杜牧已经开始展现他的文学才华和政治抱负。23岁时，他就写下了著名的讽刺时事的作品《阿房宫赋》。而在写给幽州节度使刘悟的《上昭义刘司徒书》中更是劝刘悟讨伐河朔三镇，以效忠朝廷，而不要居功自傲。25岁时，杜牧又写下了长篇五言古诗《感怀诗》，表达他对藩镇问题的见解。此时的杜牧已经很有名气了。

牛人时间轴

828年 26岁

杜牧参加了进士考试。由于他出身名门，是宰相子弟，因此朝廷中不下二十人推举他。结果杜牧以第五名的成绩考取了进士。依据唐朝制度，考取进士后，还要到吏部去应关试，才能得到官职。杜牧到长安后，又赶上皇帝主持的制举考试，也顺利被录取了。

842年 40岁

这一年，杜牧被外放为黄州刺史。杜牧外放的原因史书上并没有记载。杜牧自己认为是宰相李德裕的排挤。而李杜两家为世交，李德裕为什么不喜欢杜牧呢？有人认为是杜牧不拘小节，与李德裕的理念不合，而且杜牧与牛僧孺私交甚好，可能被李德裕认为是"牛党"。

850年 48岁

杜牧被升为吏部员外郎。在京城做官是很多人的梦想，而此时的杜牧却连续三次请求皇帝将自己任命为湖州刺史，理由是京城物价太高，工资不够花。后

牛人时间轴

850年 48岁

来，也有人认为，杜牧要求外放的真正原因是他看不惯朝政，认为自己无法在朝中有所作为。

852年 50岁

杜牧因病去世。在临死前，他把自己一辈子写的文章都找了出来，挑出十之二三，其他的都一把火烧掉了。

注释

① 驾部：掌管车舆、牛马厩牧之事。
② 员外郎：原指设于正额以外的郎官。

过个节，魂儿都丢了

主持人： 观众朋友们大家好，今天来到《超级访谈》的是晚唐大文豪杜牧。

杜牧： 大家好，主持人，您这儿有吹风机吗？外面下雨了，我的头发全淋湿了。

主持人： 今天是清明节嘛，这个时节经常下雨，您出门要记得带伞啊。

杜牧： 是啊，清明节可是我们亲友团聚、游玩观赏或者上坟扫墓的大节日！刚才在来这里的路上，毛毛细雨在天空中纷纷扬扬地飘落，路上的行人也都行色匆匆，看上去都怀着沉重的心事，一个个都跟丢了魂儿似的。我就想找个小店避避雨，最好还是个小酒馆，能让我喝两杯，暖暖身子。于是我向一个小牧童问路，结果这小孩儿没说话，抬起胳膊往前一指。我顺着他指的方向看过去，远处有

超级访谈

杜牧： 一个被杏花围绕的小村子,想必村子里一定有酒家了。

主持人： 您刚才描述的画面太美了,简直可以写成一首诗了。

杜牧： 让我想想……就这样写吧:

清明

清明时节雨纷纷①,路上行人欲断魂②。
借问③酒家何处有?牧童遥指杏花村④。

主持人： 太棒了,果然是大诗人,出口成章啊!相信您这首诗一定能流传千古。本期《超级访谈》到这里就结束了,咱们下期再见!

注释

① 纷纷:形容很多。
② 断魂:形容心情十分愁苦,好像灵魂都要离开身体了。
③ 借问:请问。
④ 杏花村:杏花深处的村庄。在今安徽省贵池秀山门外。

唱啥不好，非唱亡国歌

想我大唐都已有两百多年的历史了，曾经多么辉煌。可现在，国力衰弱，估计是气数将尽啊。活在晚唐是我最大的不幸：皇帝无能，朝廷里党争不断，手握兵权的藩镇个个都想造反。可就是在这样的危急时刻，秦淮河边的达官贵人们居然丝毫不关心国事，每天过着奢靡的生活，我看国家是没救了。于是我写下了《泊秦淮》这首诗，以表达心中的愤怒和无奈。

泊秦淮

烟①笼寒水月笼沙,夜泊秦淮近酒家。
商女②不知亡国恨,隔江犹唱后庭花③。

迷离的月色和轻烟笼罩着冰冷的河水与白沙,夜晚我把船停靠在秦淮河边,那个地方很靠近酒家。本来我心里特别烦,想找个安静的地方待会儿,谁知道那卖唱的歌女又开始唱《玉树后庭花》了。她们不知道,这首曲子是南朝陈国的亡国之君陈后主写的,当敌人攻破城门的时候,他正和后宫的美女边唱边跳呢。所以,《玉树后庭花》也被称作亡国之音!现在,这些歌女天天唱这首曲子,我们大唐恐怕也要像陈国一样灭亡了。

注释

① 烟:烟雾。
② 商女:以卖唱为生的歌女。
③ 后庭花:歌曲《玉树后庭花》的简称。

死了也不得安息

我们常常把诗歌按照题材内容分类，比如山水田园诗、边塞诗、思乡诗、送别诗，等等。杜牧最擅长写的是咏史诗。

别再想我俩了，让我们安息吧！

文苑杂谈

咏史诗，顾名思义，就是咏叹历史事件、历史人物的诗歌。而诗人咏叹历史的目的是发表对当下时局的看法。当我们翻看这些诗词，就会发现有这么几个人经常被后世诗人翻出来感慨一番。

陈后主　曝光指数：★★★★★

陈后主名叫陈叔宝，是南北朝时陈朝的最后一个皇帝。他在位时大建宫室，生活奢华，天天和嫔妃们寻欢作乐。他还自己搞创作，写了首《玉树后庭花》，命乐工编成歌曲演唱。当隋军南下攻城，他还认为有长江天险阻隔，敌人绝对过不来，所以依然和嫔妃们唱着《玉树后庭花》玩乐。最后隋军攻破城门，陈朝灭亡，陈后主被活捉。后世也将此曲作为亡国之音的代表。

这位昏君让后世很多诗人都悲叹不已。杜牧的《泊秦淮》说："商女不知亡国恨，隔江犹唱后庭花。"宋代的王安石在《桂枝香·金陵怀古》中说："至今商女，时时犹唱，后庭遗曲。"这些诗词都是在用陈后主的经历告诫统治者要认识到国家的危机。

项羽　曝光指数：★★★★

秦朝灭亡之后，天下诸侯四起，刘邦和项羽的军队是最有实力的两支队伍。最终，项羽因为严重的战略失误，加上本人骄傲自大的性格，失去了争夺天下的大好形势，被刘邦包围在乌江边。本来项羽有机会乘船逃回江东老家，休养生息，东山再起。但他觉得自己打了败仗，没脸回去，于是在江边自刎了。

项羽已死，他自己倒是一了百了，可后世文人急了，有人说项羽怎么能不好意思回家呢？留得青山在，不怕没柴烧。只要回家重整旗鼓，他还是很有实力把天下夺回来的。杜牧是这种观点的支持者，他在《过乌江亭》中说："江东子弟多才俊，卷土重来未可知。"另外一派的观点也很鲜明，他们认为项羽就应该自杀，苟且偷生不是男子汉大丈夫的做法。这种观点的支持者是宋代的美女词人李清照，她在《夏日绝句》中说："至今思项羽，不肯过江东。"

陈后主也好，项羽也罢，人都死了好几百年了，依然还要被挖出来评头论足，估计他们在九泉之下也不得安息吧！

这真是个鬼日子，我也是个倒霉鬼啊，居然忘记带伞啦！
太吓人了，一个个都跟丢了魂儿似的，我得赶紧跑！
哪儿有酒家啊？快告诉我！
杏花村，我来啦！

七嘴八舌

王安石：杜前辈的"商女不知亡国恨，隔江犹唱后庭花"真是一针见血，我的"至今商女，时时犹唱，后庭遗曲"就是受到他的启发。

牧童：听说杜爷爷把我也写进诗里了？我真是太开心了，以后我一定继续做一个热心的指路人！

项羽：杜兄弟，我要是早认识你就好了，你多批评批评我，我就不自刎了，说不定好好把握机会，我还能卷土重来呢！

来听故事吧

后　记

逐梦而生

转眼十年，大语文十岁了。

恍恍哉今夕何夕，大语文就像一个成了真的大梦。起初它在我自己的小机构里发芽，如今已在立思辰开花结果。这果实的甘美不光在我们的课堂上传播：我们的《文学必修课》在全国影响着数以万计的孩子；其他机构模仿大语文的课程也带给千千万万孩子喜悦；我们明星教师的课堂有了网校、数字电视、移动互联这些网络管道的翅膀，飞进了数以十万计的家庭。

笔至此刻，抬望眼，明月探目楼宇间。我心中像月亮般皎皎的，还是一个梦！

这个美梦实现起来有五步。第一步，不断强化自身对语文教育的深刻理解，设计出优秀的大语文产品；第二步，丰富各类教学产品，以满足不同的语文学习需求，如课外阅读、提高成绩、写作专项、人文修养、开阔眼界等，使我们的语文教学产品升级为一个完备的针对语文学习的解决方案；第三步，将大语文的影响力推广到全国，影响更多的学员和家庭；第四步，与公立教育深度合作，使得公立学校内的语文产品更丰富，更多样；第五步，将分支机构设到海外，在全世界范围内传播华夏文化中最精美的部分，同时让世界各地的华人能够通过这些分支机构，接触和学习到传统文化、文学经典、汉语汉字等内容，真的为我们这个沧桑而又伟大的民族的复兴，尽一点气力。如今我们的梦想已走到了第五步，离顶端已经不再遥不可及。

夕死，可矣。

最后，允许我第一次借后记的机会，把我的歉意带给团队的家人并我的家人。我们亏欠了你们太多太多有体温的陪伴，带给了你们太多太多夜色里的担心。之于我，尤其我的两个孩子，出生以来，我最多看到的，只是你们光着屁股趴在被子上入睡的可爱身影……我们爱你们。

窦昕

图书在版编目（CIP）数据

乐死人的文学史·唐代篇/窦昕主编．
北京：石油工业出版社，2016.3
ISBN 978-7-5183-1126-2

Ⅰ．乐…

Ⅱ．窦…

Ⅲ．中国文学—文学史—唐代

Ⅳ．I209

中国版本图书馆 CIP 数据核字（2016）第 015539 号

乐死人的文学史·唐代篇
窦昕　主编

出版发行：石油工业出版社
　　　　　（北京安定门外安华里2区1号 100011）
网　　址：www.petropub.com
编 辑 部：（010）64523616　64523644
图书营销中心：（010）64523731　64523633
经　　销：全国新华书店
印　　刷：北京中石油彩色印刷有限责任公司

2016年3月第1版　2025年7月第37次印刷
710×1000毫米　开本：1/16　印张：15.5
字数：140千字

定价：38.00元
（如出现印装质量问题，我社图书营销中心负责调换）
版权所有，翻印必究

"点亮大语文文库"系列图书

这是一套写给小学生的文学史

　　文学搭配历史，看看历史发展会对文学产生什么样的影响：盛唐气象必然会孕育出李白、王维的洒脱，靖康之耻必然会导致陆游、岳飞的悲壮。

　　文学本身也有历史：为什么隋朝就已经产生的词，直到宋朝才达到鼎盛？为什么人们把《三国演义》《水浒传》《西游记》《红楼梦》称作四大名著，而不是其他四本书？

　　知人论世：孟浩然是个胆小鬼，看见皇帝，居然吓得躲到了床底下；辛弃疾文武双全，仅仅带领几十个人就敢闯入几万人的敌军大营……

　　搞笑、新奇、通透，这就是《乐死人的文学史》。

这是一套写给孩子的语文启蒙书，一套文学必修课本，一套真正的大语文读本。

语文，包括语言和文字、文学、文化等方面，学校大都把教学的侧重点放在语言的习得上，而本书侧重语文中"文"的属性，以时间为序，以人物为纲，采用"知人论世"的方法，通过讲解与人物相关的时代背景、作者生平，为孩子们呈现文学背后鲜活的文人故事，进而帮助孩子们理解文学作品的内涵。

书中还辅以文学创作的新派技巧，帮助孩子们写出富有文采、别开生面的美文。

书中内容丰富生动，希望这套书能让孩子爱上语文，做有修养的人。